# 京大中年

菅広文

幻冬舎

KYODAI CHUNEN
ROZAN JAPAN
SUGA HIROFUMI

目次

# 京大中年

# はじめに　教科書がなければ

教科書がある宇治原さん。
いつでも100点をとることができた。
知識という大空をどこまでも高く自由に飛び回ることができた。
まるで鷹のように。
教科書がない宇治原さん。
0点だった。
飛ばなかった。

どこにも飛ばなかった。
ウロウロと歩いていた。
まるで公園にいる鳩のように。
教科書がある宇治原さんに戻さなければ。
京大芸人になるために。

# 第1章　18歳の宇治原さんへ

25×12

18歳の宇治原さんへ。

どうも。
45歳を超えた相方です。
あ、まだこの当時は相方ではなく友達ですね。
長いものであなたとの付き合いも30年くらい経ちました。
2人とも45歳を超えてしまいました。
突然ですがあなたと初めて会った時の自分の髪型は覚えていますか？
あなたも僕も高1でした。
あなたはスポーツ刈りでした。
なぜスポーツ刈りだったのか？

40歳も超えた大人になって思うことですが、勉強だけではなく、スポーツもできるところを見せたいがためのスポーツ刈りだったのではないでしょうか？

40歳を超えた自分の髪型を知りたいですか？

どんな髪型をしていると思いますか？

答えを発表します。

スポーツ刈りです。

紆余曲折《うよきょくせつ》あってたどり着いた答え。

それがスポーツ刈りです。

高1の時と全く同じくスポーツ刈りです。

でも月日が経つのは恐ろしいことですね？

同じスポーツ刈りでも髪の色は違います。

大白髪《おおしらが》です。

あなたが今受けているセンター試験の試験監督の誰よりも大白髪です。

でも安心してください。

あなたはあなたの母親に「滋賀のおじいさんと見分けがつかない」と揶揄《やゆ》されてから、白髪を黒に染めています。

どうして大白髪になったのか教えますね。

クイズ番組です。

あなたは30代の頃から京大卒の頭脳を生かしてクイズ番組で活躍しています。

それはそれは凄い活躍です。

ただ、クイズを1問解くたびに白髪が1本増えていくことは了承してください。

それくらいクイズ番組で活躍しています。


あ、センター試験中にごめんなさい。

先ほど書いてしまいましたね？

京大受かります。

だからそんなに緊張しなくても大丈夫です。

受かるから。

あ、でも今からやろうとする数学の問題がわからなくて失神はします。

ね？　倒れたでしょ？

ほら？　失神したでしょ？

でも大丈夫です。

失神するまでに解いた数学の問題は全て合っているので。

２００点満点中１７０点とります。

失神しているところごめんなさい。

失神しているのであなたには渡すことができない手紙ですが、最後まで読ませてください。

このあと、失神したあなたを慰めに行く人物が現れます。

それが未来の相方です。

そう僕です。

改めて自己紹介をさせてください。

あなたに「芸人になった時にウリになるかもしれないので、京大に入ってほしい」

と言った人物です。

もう少しだけ詳しく説明させてください。

僕はあなたに「芸人になった時にウリになるかもしれないので、京大に入ってほしい」と言ったのに、自分は志望大学に落ちるという離れ業をした人物でもあります。

1年後。

あなたと僕は「2人で喋っているのが楽しい」という理由だけで芸人を目指すことになります。

そんな幼稚な理由で芸人の世界に飛び込んだ2人には、様々な問題が起こります。

もしかして「問題？　俺に解けない問題はない」と思っていませんか？

センター試験中で頭脳バキバキの今のあなたがそう思うのは当然かもしれません。

確かに、あなたは教科書に出てくるような問題なら全て解けると言っても過言ではないでしょう。

僕があなたにした質問を覚えていますか？

「教科書の重要な部分に線を引かないの？」

です。というのも、あなたから教科書を借りても、あなたの教科書にはどんな線も引かれていなかったし、何も書き込まれていなかったからです。

まるで教科書を買った時のままの綺麗さでした。

ある時あなたに教科書を借りた時のこと。

僕はあなたから借りた日本史の教科書だということを忘れてしまい、アンダーラインを引いてしまいました。

あなたにこっぴどく怒られました。

アンダーラインを引いたことを怒ったのではないと。

引いた場所が悪すぎると怒られました。

僕がアンダーラインを引いた場所。

江戸時代

「すでに太字や」と怒られました。

あなたの綺麗なツッコミにコンビを組もうと決意しました。

あ、話をもとに戻しますね。

あなたの名言です。

覚えていますか？

「教科書に載っていることは全て重要」

僕にはこのように聞こえたことを覚えています。

「キョウカショニノッテイルコトハスベテジュウヨウ」

まるで高性能勉強ロボが喋りかけているように聞こえました。

よくよく理由を聞くと、「教科書に書いてあることは全て重要なので、もし重要なところに線を引くのならば、全ての文章に線を引かないといけない」という至極真っ当だが腹が立ち、友達が離れていく理由でした。

確かにあなたは教科書に載っている事柄は全て覚えました。

そして教科書に載っている事柄の全てを理解しました。

しかも、あなたは語句を暗記することや流れを理解するだけではなく、「この教科書では何を伝えたいのか？」まで把握できるように設計された、高性能勉強ロボでした。

学生の誰もが口に出したことのある発言。

「なぜ勉強しなければならないのか？」

ここでまたまたあなたの名言です。

「教科書の《はじめに》の部分を読まないから。

あそこには『なぜこの科目を勉強しなければならないのか？』が書いてあるのに。

そこを読んでから教科書を読み込むと『この教科書では何を伝えたいのか？』がよく理解できる。

逆にそこを読まずに勉強するから、勉強する意味がわからない」

あなたは「なんで数学を勉強しないといけないの？」や「なんで日本史を覚えないといけないの？」と思っている学生は、教科書の《はじめに》を読んでいない可能性が高い、ともおっしゃっていました。

またあなたレベルになると《はじめに》を読みこまなくても教科書の中身を読めば、《はじめに》に何を書いているかを予想できたようです。

あえて《はじめに》を読まずに、本文を読んでから《はじめに》を読んで、「ほら。やっぱりこれが伝えたかったのね」と1人納得するという、腹が立ち、友達が離れていく特技もお持ちでしたね？

そう。

教科書を持ったあなたは、鷹のように大空をどこまでも高く飛べました。

知識という無限の大空をどこまでも高く飛びました。

そんなあなたと僕は、コンビとして芸人になる人生を選びました。

芸人になってわかったこと。

ここからは、今のあなたにはわからないことです。

「わからないこと？　そんなことはない」と思わずに、失神から目が覚めたら読んでください。

芸人の世界には正解が存在しません。

だからあなたが大切にしている教科書と呼ばれるものも存在しません。

なぜかわかりますか？

「芸人として売れるには？」の答えが千差万別だからです。

とある先輩は「〇〇はすべきである」と言う。

また違う先輩は「〇〇はすべきではない」と言う。

〇〇は同じなのに。

しかも「何をもって売れたとするか」の明確な線引きも存在しません。

つまり教科書の作りようがないのです。

芸人の教科書があるなら、《はじめに》の部分には「この教科書ではどうすれば芸人として売れるか」について書かれています。

本当にそのような教科書があれば芸人みんなが欲しがると思いますが、作りようがないのです。

そんなわけで芸人になって初めて、教科書を持たないあなたを見ました。

あなた自身も教科書を持たないまま過ごすのは初めての体験だったと思います。

教科書がなくても、様々な問題は起こります。

教科書がないあなたの得点を発表させていただきます。

またまた失神するかもしれません。

発表します。

0点です。

あなたが人生でとったことがない点数ですね。

教科書がないあなたは大空をどこまでも高く飛ぶ鷹のような姿ではなくなりました。

というか飛びませんでした。

歩きました。

歩いている公園の鳩になりました。

当然僕は思いました。

「羽使わんかい！」と。

教科書のある、つまり大空をどこまでも高く飛んでいくあなたの姿が僕の目には焼き付いていたのです。

もちろん僕はあなたと芸人を続けることは決めていました。

だから「どうすればまた大空を高く飛ぶのか？」と20代、30代は考えていました。
あ、30代はクイズに引っ張りダコだと書きましたね。
20代は歌って踊ります。
びっくりしましたか？
本当です。
あ、わかっていると思いますが、歌って踊るグループには、いじられる役いります
よね？
あなた。それね。
『え？　俺がいじられるの？　いじる方やろ？』と思うかもしれませんが。
後ほど詳しく発表します。
そう。
僕が「教科書を持たないあなたをどうすればいいか？」という問題に対して出した
答えはこうです。
教科書を持つあなたに戻せばいい。

なぜなら教科書があるあなたは100点をとれるのだから。

ただ先ほども書いたように、全ての芸人の教科書を作るのは不可能です。

そんな才能は僕にはありません。

でも作れそうな教科書はありました。

それは僕たち2人だけが読む教科書です。

他の芸人が読む教科書ではなく、僕たちだけが読む教科書です。

だから僕は、20代の経験をもとに、30代では自分たちの教科書を作ることに時間を費やしました。

40代は、その教科書をもとに行動しました。

あなたが京大芸人になれるように。

## 第2章　19歳の僕へ

25×12

19歳の僕へ。

オーディション合格おめでとうございます。

1年半かけて、あなた方は劇場でネタをしてお金をもらうことができる権利を勝ちとりました。

あ、オーディションに受かったばかりのあなたに教えるとテンションが下がるかもしれない事実をお伝えします。

噂では聞いていますね？

1回劇場でネタをするといくらもらえるかを。

聞いていた噂のとおりでした。

500円です。

きっちり500円です。

あなたが小学校5年生の時に親からもらっていた月のおこづかいと同額です。

ただ大人になってからもらうお金は、子どもの時にもらうおこづかいとは、同じ500円でも違います。

税金がかかります。

1割税金がかかります。

だから手元に入ってくるのは450円です。

銀行のATMは1000円からでないと引き出せないので、月に3回以上舞台に立たないとお金が下ろせないことを覚悟しておいてくださいね。

お金のことも含めてこれからあなたの人生は激変します。

今あなたに「プロフィールと銀行口座書いて」とぶっきらぼうにペラ1の紙を渡してきた女性のことはご存知ですね？

そう。あなた方のネタの合否を決めていた女性です。

この女性があなた方の初代のマネージャーになります。

プロフィールに大学名を書いてから、「高学歴コンビ」としてたくさんの媒体に取材されます。

あ、もう一つテンションが下がることをお伝えします。

うすうすは気がつきながら取材を受けることになりますが、あなたは高学歴ではありません。

中学歴です。

45歳になった今では、特に高学歴コンビと言われることはないことも自覚しておいてください。

あなたは中学歴低身長おじさんです。


ごめんなさい。

話をもとに戻します。

これから数々の取材を受けます。

ただ聞かれることは一つです。

「なぜ良い大学に入ったのに芸人の道を選んだのか？」

あなた方はこれから、判を押したかのように同じ回答をします。

「高校の3年間。

ずっと2人で喋っていました。

将来の仕事に何を選ぼうかと考えた時。

2人で喋る仕事にしようと。

では2人で喋る仕事って？

漫才師だと。

相方は賢かったので、もしかしたらウリになるかもしれないから京大入ってと言って、京大に入りました」

くる日もくる日も同じ回答をしました。

40代になった今でも同じような質問をされたりしますが、40代の僕と20歳の僕では相手の受け取り方は180度違います。

今では「それは凄いですね。昔から仲良いですね」などと良い方に解釈してもらえたりします。

ただこれから始まる取材ラッシュでは、あなたが思っているのとは違うリアクションが起こることは覚悟しておいてください。

今あなたが思っている相手のリアクションは、肯定されることもなければ否定されることもないといったところでしょうか？

「なるほど。そういう理由で芸人の道を選ばれたのですね」が返ってくると思っていませんか？

違います。

「？？？」です。

【？？？】ラッシュです。

40代になった今から考えると「？？？」になった理由が2点わかります。

まず1点。

今ほど高学歴コンビがいない。

先ほど書いていたのであなたも自覚しているとは思いますが、あなたは中学歴ですよね？

40代のあなたの周りには本当の高学歴がたくさんいます。

でも今のあなたたちの周りには、いわゆる高学歴コンビと言われる部類のコンビはあなたたちしかいません。

前例がないので、取材相手もどう対応したらいいのかわからない状態です。

だから取材を受けています。

もう1点。

芸人という職業の社会的地位が低く、国公立大学の社会的地位が高い。

だから記者の方にはもれなく「もったいない」という感情が生まれたのだと思います。

エビフライ定食を頼んだのにエビフライを残したやつみたいに扱われます。

否定に近い「???」の表情を見るたびにあなたはこう思います。

「あれ？　学校で習ったこととは違う」と。

どの学生もそうだと思いますが、「なぜ勉強をしないといけないのか？」と疑問を持ちます。

当然あなたも疑問を持ちました。

その疑問に対して学生時代のあなたを納得させてくれた回答。

「勉強をすることで、なれる職業の選択肢が増える」

医者になりたければ、医学部に行かないといけないし、弁護士になりたければ、法学部で勉強しなければいけません。

急に思い立っても、なれる職業は限られるので、だからどんな時にどの職業につきたいと思っても対応できるように、勉強は必要だと習いました。

今では、それを教えてくれた学生時代の恩師に感謝しています。

でも20歳のあなたには、そうではない受け止められ方をする現実だけが立ちふさがります。

だから今後あなたは、取材を受けるたびに、言葉には出しませんがこう思っています。

「えーーーー。

先生から聞いていたのと全然違うやん！！！

どの職業でもなれるって言っていましたやん!!

現実違いますよ！

インタビュアーさんに引かれていますよ！

カメラさん首かしげていますよ!!

仕事やから一応写真撮りますが、顔ですよ！

『京大の法学部に行ったのだから、弁護士にならないのですか？』って絶対言われるやん!!

そんなことは本人の自由ですよね！

権利を得ただけですよね。

弁護士になれるかもしれない権利を得ただけですよね？

『国公立大学は国や自治体からお金が出ている、つまりは我々の税金で大学に通っていますよね？』って初対面のおじさんに説教されますよ!!

先生！

先生？

あれ？

これって職業の幅が狭まっていませんか？

勉強すればするほど職業の幅が狭くなっていっていませんか？

相手から求められる職業の幅が狭くなっていませんか？」と。

喉に小骨が刺さっているようなこの違和感は、あなたたちがある程度売れるまでは続きます。

そしてある程度売れると、学校では習っていない出来事がたくさん出てきます。

まずは【人は簡単に手の平を返す】。

学校ではたとえ成績が上がっても、急に先生が前の日とは違う態度で接してくるようなことはなかったよね？

あなたが飛び込んだ世界だけかもしれませんが、前日とは全く違う態度で接してきます。

凄く手の平を返します。

信じられないスピードで手の平を返します。

「そのスピードで手の平を返したら手首が捻挫《ねんざ》してしまいますよね？」と手の平を返された側が心配になるほどです。

今まで挨拶をしても挨拶の返ってこなかった吉本の社員が、こちらの仕事が増えると「仕事が増えると思っていた」と声をかけてきます。

20代の後半に、その社員さんに言ったことがあります。

「挨拶しても、挨拶が返ってこなかった」と。

その社員さんは言いました。

「それはあえてしていた。結果的に、挨拶が返ってくるくらい仕事を増やそうと思ったでしょ？」

僕は思いました。

「本当ですか？」と。

もちろんある程度売れると嬉しいこともあります。

関西の独特の文化かもしれませんが、町の方々が優しいです。

あなたはこれから、オーディションに受かった自分へのご褒美に難波《なんば》でたこ焼きを買います。

確か8個入りだったと記憶しています。

8個入りのたこ焼きを買うと、何個のたこ焼きが入っていますか？

変な質問ですが、考えてみてください。

そうですね。

8個です。

あなたは今の段階では、8個入りのたこ焼きを買うと8個入っている人物です。

少しだけ自慢させてください。

この前、難波の同じたこ焼き屋さんで8個入りのたこ焼きを買いました。

「おまけしておいたよ」と店員の方に言われました。

お礼を言い、たこ焼きが入っている容器のふたを開けました。

24個入っていました。

ある程度売れるとたこ焼きが3倍になることを覚えておいてください。

またとある先輩に言われたことが身に染みてわかるようになります。

【売れれば売れるほど扱いが良くなる】。

そうなんです。

世間はそうなんです。

学校では、成績が良い順から給食のおかずが良くなるようなことはありませんよね？

でも、世間はこうです。

世間とは言い過ぎましたが、芸人の世間ではこうです。

例えばお店にお昼ご飯を食べに行った場合を思い浮かべてください。

お腹が空いていたり、おかずをもう一品欲しい時には、おかずをサービスしてはもらえません。

逆にお腹がいっぱいで、おかずが欲しかったら自分で払うよと思う時に、サービスしてもらえます。
当たり前ですが、仕事もそう。
仕事は、欲しい人にはあまりありません。
逆に仕事がたくさんある人に、また別の仕事の依頼がやってきます。
つまり【仕事はできる人に集まる。できるから仕事をした時のギャラが上がる】。
まだ若いあなたにはわからないと思いますが、当たり前の話なんです。
格差社会がなくならないというリアルを体験できるのが、芸人です。
つまり、売れれば売れるほどに扱いが良くなる。
その扱いを失いたくはないから頑張る。
それで、より売れる。
一方。
売れない芸人は、売れたらどのような扱いをされるかわからない。
具体的な変化がわからないから頑張れない。
だから売れない。

格差は拡がる一方なんです。

売れる売れないの基準は難しいですよね？

あなたはある程度ですが、売れます。

休みをオフと言い出すくらいには売れます。

「明日。休みやわ」ではなく「明日。オフやわ」と言うくらいになれば、少し売れたと思っておいてくださいね。

仕事の日も有り難いですが、休みも有り難いと思うくらいには売れます。

そう。オフという言葉はまだ一般的ですが、一般的ではない言葉も使うくらいには売れます。

どんな時間に仕事をしても、会う人には「おはようございます」と言うようになります。

24時を超えて仕事をしたら「てっぺん超えた」とか言い出します。

10000円のことをチェーマンとか言います。

今のあなたは使いたいでしょう？

おはようございますとかてっぺん超えたとかチェーマンとか使いたいでしょう?

これからむちゃくちゃ使います。

恥ずかしげもなくむちゃくちゃ使います。

宇治原さんも使います。

45歳超えた今ですか?

安心してください。

普通に10000円と言います。

あ。そうそう。

宇治原さんのことを宇治原さんって書いているのが気になりますよね?

「宇治原やろ。なんでさん付けやねん。もしかしたら宇治原の立場がだいぶ上になったのか?」と思いましたか?

大丈夫です。

立場は同じです。

あなたがいる関西では、なんならあなたの方が立場が上の扱いを、みなさんわかりながらしてくれます。
ではなぜ敬語なんでしょうか？
あ、さん付けだけではなく、普段喋る時もお互いに敬語ですよ。
今あなたと宇治原さんの関係はまだ友達なんです。
同級生の友達。
それが時間が経つにつれて「相方」に変わります。
相方に変わった瞬間から敬語になりました。
別によそよそしくなったわけではないよ。
だって今もこうして敬語で書いているところもあるでしょ？
つまり大人のたしなみです。
敬語は社会人になった時に必要な武器です。
あ、話は変わりますが、タクシーではむちゃくちゃタメ口で話しかけられますよ。
見た目があまり変わらないのか、40代になっても普通にタメ口で話されるから。
その代わりに飴をむちゃくちゃもらえるから安心してください。

話を戻すね。
長くコンビを続ける秘訣はただ一つ。
【相手に敬意を持つこと】。
今のあなたたちの関係は『喋っていて楽しい』ですね。
もちろんその関係も悪いことではありません。
一緒に仕事をする上での第一条件だと思います。
ただそれだけでは長続きはしません。
『喋っていて楽しい』以外に敬意もなければ、一緒にいてしんどくなってしまいます。
もちろん本当に仕事だけやるコンビもいます。
でも、あなたや宇治原さんはそういうことはしないですよね？
それなら他の仕事を見つけようとなりますよね？
有り難いことに、お互いが敬意を持つ関係になりました。
その象徴が敬語です。

また敬語の良いところは、仕事をどうしていくかを話し合う上で余計な言葉が省けるところです。

我々にとって何が正解に近いかを、しっかりと感情抜きで話し合いができます。

あ、安心してください。

余計な話もします。

楽屋でも余計な話ばかりです。

仕事以外の余計な話はタメ口で喋るよ。

しかもその余計な話を、仕事でもすることになりました。

それはまた違う機会に。


あっそう。

あなたにぶっきらぼうに履歴書を渡してきた女性。

初代マネージャー。

いまだに仲良しです。

今は会社を辞めて専業主婦をしています。

またあなた方の合否を決めていた放送作家の方、わかりますよね？

なんならあなた方を含めてたくさんの若者の未来を決めていたと言っても過言ではない方。

今のあなたがこの手紙を読めたらビックリすることを書かせてください。

あれから一度もお仕事をご一緒したことはありません。

『え？　嘘でしょ？　もしかしたらこちらがあまり仕事がないからか？』と思っていますか？

先ほども書きましたが、あなたはある程度売れます。

それにもかかわらず、19歳のあなたたちの未来を決めていた方とはこれから会うことはありません。

失礼な言い方になってしまいますが、特に売れている放送作家ではありませんでした。

なんなら、あなたたちの合否を決める仕事だけをしていたことが後ほど判明しました。

テレビなどのメディアに出始めると、もっと売れている作家にたくさん出会います。

さて、前述したマネージャーの方と放送作家の方が合否を決めるオーディション。

落ちた芸人は長蛇の列をなしてアドバイスを求めに行きました。

その当時は、わかりやすく意味があるアドバイスだと思っていました。

「○○の切り口は△△のコンビがもうやっているわ」

「○○のネタはもう古いで」などなど。

しかし、たぶんネタの詳細を話すレベルまでいっていなかったのです。それが、彼らの言葉を正しいと思ってしまった理由の一つ。

もう一つは、限りなく小さな世界であったこと。

学芸会。

言い方は悪いが学芸会。

「○○の曲は△△のクラスがやっているよ」と同じレベルの話。

「○○の曲は古いで。今は△△が流行《はや》っているよ」

今から考えるとわかります。言葉を選ばずに言わせてください。

『知らんがな』

本当は違うクラスの曲をやってもいい。

学校単位ではなく、全国の学校が集まる大会と同じだと考えれば、同じ曲が重なることはよくあるから。

そもそも、古かろうが新しかろうが歌が上手ければいい。

勝負をするには、今までにない新曲を出すか、今までにある曲でも今までになかった、もしくはあったとしても飛び切り上手い歌い方をするしかない。

悪く言っているとは思わず聞いてください。

つまり、大学を卒業したての新入社員と、オーディションだけを担当している放送作家に、もの凄く小さい世界で被《かぶ》っているかいないかなどで判断されているオーディションだったのです。それを突破したに過ぎないことをわかっていてほしいのです。

これは絶対に読むことのない手紙ですが。

あなたが人生をかけた幕開けは、まだこの程度でしかないことをわかっていてほしい。

だからまだまだほど遠い道のりです。

2人で喋るのが楽しいから芸人を続けること。

まだまだ道のりは長い。

宇治原さんを京大芸人にするまでには。

# 第3章

# 20代の教科書

25×12

20代の教科書。


高校時代。

ずっと宇治原さんと2人でいた。

3年間2人で過ごした。

僕が高校を休んだら宇治原さんは1人でご飯を食べるくらい2人でいた。

あ、僕は宇治原さんが休んだら違う友達とご飯は食べていたので、厳密に2人で過ごしたのは宇治原さんのみだ。

話を戻す。

ずっと2人で喋りたいから芸人になった。

高校時代。

みんなの前、いわゆる学園祭などで何かをすることもなかった2人が、芸人になった。

あれから25年以上経つ。

2人の関係性に特別な変化はなかった。

友達から相方には変わったが、2人で喋りたいという核となる部分は変化せずにいられたことは有り難い。

長年ずっといると、少々の変化はわからないものだ。

毎日一緒にいると、相手が痩せても太ってもわからないように。

宇治原さんが白髪になったことはわかる。

つまり宇治原さんは日々一緒にいてわかるくらいの白髪おじさんになった。

毎日いるのに白髪が目立つというのは、それくらい凄《すさ》まじいスピードで白髪が進化しているということだ。

宇治原さんの一歩先に白髪がいるような感じだ。

自分でもよくわからなくなったので話を戻す。

色々あった。

楽しいことも悲しいことも悔しいことも2人で乗り越えてきた。

仕事が増えるにつれ、ある思いがふつふつと湧いてきた。

『また2人だけでやってみたいなぁ』

というのも、有り難いことに、仕事が増えるに伴い関わってくれる仕事関係者の人数も増えてきた。

悪いことではない。

関わる人数が増えれば増えるほど、仕事の規模も大きくなる。

ただ2人だけでやる充実感が削《そ》がれていくのも確かだ。

贅沢な悩み。

ある程度平和な日々を過ごしていると、過去を振り返ることが増える。

ふと思った。

一番楽しかったのはいつだろうか？

間違いなくオーディションを受け始めた頃だ。
オーディションにウケ始めた頃ではない。
オーディションを受け始めた頃だ。
ウケてはいないのに何が楽しかったのか?
あれだけすべっていたのに何が楽しかったのか?
あの頃の僕に聞くすべはない。
想像する以外にない。
まずは、どうなるかわからない感。
オーディションを受け始めた頃。明るい未来など約束はされていなかった。
明るい未来は約束されていなかったが、こうは思っていた。
絶対に明るい未来が待っていると。
若気の至り。
若気の至りも甚《はなは》だしい根拠のない自信。
未来を切り開くには、根拠のない自信に頼る以外に方法がなかった。

経験がゼロだったのが功を奏した。

誰かと比べようもないのが、良かったのかもしれない。

つまり自分たちを自分たちで比べるしかないのだ。

昨日の自分たちよりも成長していればオッケー。

いかに昨日の自分たちに勝つかの勝負。

周りは一切関係なかった。

オーディションに合格する組数が決まっていれば、意識したかもしれない。

そのような勝負ではなかったので、自分たちに集中することができた。

そのような勝負を1年半繰り返していたら、お金をもらって人前に立つことを許された。

オーディションに合格してから。

ここからは勝負が変わった。

自分たちだけでの勝負ももちろんだが、相手がいる勝負に。

劇場やテレビに出られる枠は決まっている。

いつまでも自分たちだけの勝負をしていてもしょうがない。

相手に勝たなければ、劇場やテレビに出られるわけがない。

お笑いの学校に行っていなかった僕がとった行動。

自分たちの得意分野に落とし込む。

お笑いのことを全くわかっていない2人だから、闇雲に立ち向かっても勝てないことは肌で感じていた。

オーディションに受かるまでに1年半はかかった僕らとは違い、すぐに受かるコンビもたくさんいた。

その人たちと戦わなければならなかった。

しかもその上には、まだ戦うことも許されないような強者がたくさん存在する。

山登りでいえばまだ出発地点に集合しただけだ。

なんとなくこんな服装でいいだろうと現地に集合しただけの2人。

周りを見渡せば、自分たちは装備していない一方で、山登りに必要な装備を整えていそうな人に囲まれていた。

自分たちにとって有益なことを必死で探した。

山登りに必要なものを偶然持っているんじゃないかと探した。

表面上は装備らしいものは何一つない。

身体的に特徴がない2人。

一つあった。

頭脳。

頭の中身で勝負。

具体的に得意な事柄で勝負。

学校の勉強だ。

大学に進学しているのは僕らだけだったので、学校の勉強では一歩や二歩リードしていると思っても過信ではない。

ただ学校の勉強そのもので勝負してもしょうがない。

当たり前だ。

そんな劇場はないし、そんなテレビはない。

それがしたいのならば就職すればいい。

2人がよりどころにすべきことを考えた。

勉強を効率よくするためのシステム。

このシステムを芸人でも応用することができないか？

うちには高性能勉強ロボがいる。

効率的に勉強をするシステムは、学生時代に宇治原さんから学んだ。

ついに宇治原さんから学んだシステムを応用する時がきた。

まずすべきこと。2人の教科書作りだ。

お笑いの教科書を持っていない我々ができることは、自分たちの教科書を作ることくらい。

僕が必要というよりも宇治原さんに必要になるので作りたかった。

高性能勉強ロボの宇治原さん。

教科書人間の宇治原さん。

教科書があれば鬼に金棒。

無敵。

大空をどこまでも飛んでいくことができる鷹のように、宇治原さんは教科書がある方が自由に羽ばたく。

逆に教科書がない宇治原さん。

公園をウロウロ歩く鳥。

そう。

鳩だ。

教科書がない宇治原さんは鳩。

鳩丸出し。

餌があるところに群がる鳩。

自分の意思がない。

餌の方に行く。

公園の鳩。

僕はそんな鳩の、仲良しの鳩。

宇治原鳩の後ろからついていき少しおこぼれをもらう鳩。

そんな鳩2羽にはなりたくなかった。

そのための教科書作り。

教科書を作るにあたり、宇治原さんが学生時代に吐いた驚愕の言葉を思い出した。

『みんな教科書を読んでいるのは途中からやで』

初めて聞いた時は意味がわからなかった。

初めから読んでいる。

初めから読んでいるに決まっている。

日本史でいえばマンモスを追いかけているところから読んでいる。

もしかしたら宇治原さんだけ、違う教科書を配られているのだろうか？

同じ予備校に通った時、宇治原さんだけ予備校の身分証がゴールドカードだった時のように。

宇治原さんは言った。

『それは途中からってことや。《はじめに》ってとこ飛ばしているで』

なるほど。

確かに飛ばしていた。

飛ばしている自覚は少しだけある。

確かに目次を飛ばしていた自覚はあった。

あそこに、《はじめに》が書いてあったようだ。

そんなに大切なことが書いてあるなら袋とじにしてくれればいいのにと思った。

学生時代なら嬉々として袋とじを開けるはずだ。

なぜなら、大人になった今でも嬉々として袋とじを開けるのだから。

《はじめに》に書いてあること。

【各教科をなぜ勉強するべきか？】が書いてある。

大雑把にいえば、日本史ならば、日本史を勉強する意義は過去を振り返り同じ過ちを繰り返さない未来を紡ぐためなど。

なるほど。

これを読まずに教科書を読むから、「勉強する意義」がわからずやらされている感じになってしまうのだ。

我々の教科書を作る上で大切なこと。

《はじめに》を確定して2人の共通認識にすること。

まずこれをやらないことには始まらない。

そうしないと教科書に書くことが定まらなくなってしまうからだ。

とはいっても数学や英語や国語がごちゃまぜになっている教科書は見たことがないし、読んだこともなかった。

芸人として売れるようになるためには様々な道がある。

その道を全て書き込むには膨大な時間がかかる。

仮に2人の《はじめに》の共通認識が「どのような方法を使っても芸人として売れる」ならば、全てを書き込む必要がある。

しかしそうではない。

なるべくならば、痛いや寒いは経験したくないと思う2人だ。

仮に、痛いや寒いを経験しなくてはならない場合。宇治原さんだけにやってほしいとすら感じている僕だ。

宇治原さんが痛いや寒いをやった方がウケると思うからという理由で、なんとか避けたいと思っている僕だ。

そんな僕が言うことだから信用できないかもしれない。

もしかしたら嘘臭く聞こえるかもしれない。

でも聞いてほしい。

ロザンの《はじめに》。

【2人でずっと喋る】。

そもそもそうしたいから芸人の道を歩むことを決意した。

青臭いかもしれないが、【2人でずっと喋る】が《はじめに》に相応《ふさわ》しいし、それ以上の答えを見出せなかった。

《はじめに》は決まった。

ただ小っ恥ずかしいので《はじめに》の内容は宇治原さんには内緒だった。

次は教科書の中身だ。

教科書の中身作り。

まだ教科書に載せられるような経験には乏しい。

まずは勉強もそうだが、「するべきこと。するべきではないこと」を明確にする必要がある。

勉強でいえば、するべきことは「先に赤本をやる」だ。

するべきではないことは「一夜漬け」や「ながら勉強」だ。

今の段階ではするべきことはよくわからない。

というのも、自分たちを含めて成功者が周りにいないからだ。

その代わり失敗した人はたくさん見た。

その人を見ていて特に多かった傾向を「するべきではない」リストとして、我々の教科書に載せることにしよう。

まずオーディションに受からない芸人や、受かったとしてもすぐに辞めていく芸人の傾向を摑むことが大切だ。

そこで最初に簡単に思い浮かんだこと。

これをする芸人が非常に多かった。

**【相方の悪口を言う】**。

これは大いに見受けられた。

他の芸人と喋るようになってびっくりしたこと第1位と言っても過言ではないだろう。

これはどういう感覚なのかが理解できない。

そんな暇があればコンビで話し合えばいいし、嫌なら辞めればいいのにと率直に思っていた。

もちろん我々も、お互いに改善するところは多々ある。

でもそれはお互いが話し合えば済む話だし、第三者に話す話ではない。

なので悪口を言うというのは理解不能だった。

夫婦や彼氏彼女の愚痴や悪口を友達に言うのは、まだわかる。ストレス発散の意味合いもあるのだろう。

そもそも言われた相手に悪口が届かない場所を見つけて言っているはずだ。

ただ、芸人の世界のように閉鎖されている空間で相方の悪口を言えば、その相手に漏れ聞こえる可能性が高いという想像はしないのだろうか？


もう一つ。

そのような会話になれば交換条件が発生する。

つまり「俺も相方の悪口を言ったのだからおまえも言う必要がある」と。

だから、極力そのような会話の場所には近づかないようにした。

「僕らはむちゃくちゃ仲良いんですよ！」と周りに言うような話ではない。

自分たちだけがわかっていればいい。

なぜなら我々の教科書は我々だけのものであり、《はじめに》は【2人でずっと喋る】だから。

もう一つ。

するべきではないリストに入れておきたい案件がある。

それは憧れ。

基本的に皆、憧れの気持ちから芸人の世界に入る。

しかし【2人でずっと喋る仕事がしたい】が目標の我々には、憧れがなかった。

憧れがないから模倣《もほう》がない。

模倣がない分、むちゃくちゃだった。

ただの模倣から入るのは良いとしても、オリジナリティがない芸人はほとんど消えていったのを見ていて、あまり知らないことが功を奏したと感じた。

この世界のことを知らない僕でも知っているような芸人の模倣をしているような芸人は、もれなくいなくなった。

当たり前だ。

オリジナルがいるのだから。

模倣の怖いところは、ある程度結果を残せてしまうところだ。

ある程度結果が残せてしまうと、そこで胡座《あぐら》をかいてしまう。

【誰かに憧れて模倣しても意味がない】。

しかし誰かに憧れてこの世界に入ったわけではない不便さは、後々効いてきた。

ある程度名前が売れるようになると聞かれる質問がある。

「誰に憧れていましたか？」

むちゃくちゃ困った。

正直に話せば「いません」。

でもこのような受け答えをすれば良い印象を抱かれない。実際にそういうことが多々あった。

相手の反応の悪さを見て僕は思った。

「えーー。むちゃくちゃ反応悪いやん。

違うねん。

違うねん。

尖《とが》ってるんじゃないねん。

若手特有の尖り方してるやつみたいに見てくるやん！

ほんまにおらんねん。

気持ちわかるよ。

誰に憧れてサッカー始めたかサッカー選手に聞いて、『いません。サッカー見たことあんまりない』って言われたら引くよね」

憧れ＝敬意の風潮がある。

決して諸先輩方に敬意がないわけではない。

なんなら全ての諸先輩方に敬意がある。

この世界に片足でも入ることができて、長年どっぷりと居座ることの難しさがわかったからだ。

我々がおかしいのだからしょうがない。

【相方の悪口を言う】もそうだ。

芸人になるような人たち皆に教科書があるとしたら、《はじめに》に書かれているのは【芸人になりたい。面白いことを証明したい】だろう。

その邪魔になりそうなことがあれば、悪く言いたくなる気持ちも少しはわかる。
2人で喋りたいだけで芸人を目指した僕たち。
僕の方がまだ少し、芸人のことを理解していた。
一方宇治原さん。
本当に本当に芸人のことを知らなかった。
初めてお互いがネタを作ってきた日。
驚愕のネタを宇治原さんが作ってきた。
まずは2人ともにネタを作ってくることにしていたのだ。
先に僕が作ってきたネタを宇治原さんに説明した。
我ながら起承転結がむちゃくちゃだった。
なんとか面白いポイントを説明する。
次は宇治原さんの番。
顔つきから自信のほどが窺《うかが》えた。

読んですぐにびっくりした。

面白さや出来にびっくりしたわけではない。

登場人物が、我々以外にもう1人いた。

テレビで有名な芸人の方が、もう1人いた。

恐る恐る聞いた。

「え？　この人って俺が思っているあの人のこと？」

悪びれることもなく答える宇治原さん。

「そうやで」

どういうことなのだろうか？

意味が本当にわからない。

宇治原さんが言う。

「出てもらえないかな？」

平静を装って僕は答えた。

「可能性は低いやろなぁ」

僕は内心こう思っていた。
『えーーー。
無理に決まってるやん！
出てくれないに決まってるやん！
可能性は低いとかじゃないよ。
ゼロ。
ゼロもゼロ。
キレられて終わり。
そもそもなんでもう1人呼ぶの？
2人で頑張ろうや。
自分のことをPやと思ってる？
プロデューサーやと思ってる？』
口には出さなかった。
あまりにも怖くて、これ以上この会話を続けることが憚《はばか》られた。

宇治原さんの機嫌を損ねたくはなかった。
というのもネタ合わせを僕の大学でしていたからだ。
どこでネタ合わせをするかを決めたある日。
僕は宇治原さんに提案した。
「2人の実家の間をとって、俺の大学でネタ合わせをしよう」
宇治原さんの返答。
「いいやん。そうしよう」
僕は思った。
『いやいやいや。
むちゃくちゃ俺のうちから近いやん。
宇治原さんの家からむちゃくちゃ遠いやん。
いいの？
わかってる？
数学できるよね？

人よりも数学できるから京大行ったよね?』

わざわざこちらまで来てくれていたので、機嫌を損ねたくはなかった。

機嫌を損ねて持ち前の数学力でお互いの家からの中間地点を示されるのは、阻止したかった。

お互いの家からの中間地点にある全く縁のない場所に集合してネタ合わせすることに意味があるとは思えない。

この時なぜか、宇治原さんが全くネタ作りのやり方を知らなかったことが嬉しかった。

そんな知識しかないのに一緒に芸人を目指そうと思ってくれたことが嬉しかった。

「おいおい。これからネタはどちらが作るねーん!」とはならなかった。

必然的に、ネタ作り担当は僕になった。

ただ僕がネタを作る弊害がこれからたくさん生じることについて、この頃は知る由もなかった。

若手芸人。
ネタだけの勝負が始まった。
ネタの作り方がわかってきた頃。
毎回消化不良の出来事があった。
《宇治原さんがネタ覚えられない問題》が長い期間発生していた。
周りに仲間がいない僕は《宇治原さんがネタ覚えられない問題》を1人で抱えていた。
周りに飛び交う怒声から《コンビのネタを作っていない方はネタを覚えられない問題》が起こっていることはわかっていた。
どうしても作った方はネタを覚えやすい。
ならば宇治原さんが作れば、ネタを覚えられるはずだ。
ダメだ。
ダメだ。
宇治原さんは、台本に我々ともう1人を登場させてしまう人物だ。

今の大事な時期にそんなミスは許されない。

小道具を頼む時は『机と椅子の用意をお願いします』とスタッフさんにお願いする。

小道具をお願いするのは宇治原さんの役割だ。

同じような感覚で『机と椅子と○○さんと△△さんの用意をお願いします』と言いかねない。

まだ少しではあるが、ここまで積み上げてきた信頼がパーになる。

コンビのネタを作っていない方がネタを覚えられないということは、頭では理解できた。

ただ、うちは違うはずだとの感覚がある。

うちにいるのは高性能勉強ロボだ。

何かを覚えるために生まれたロボ。

それが高性能勉強ロボのはずだ。

このときはまだ子どもがいないからわからないが、『うちの子に限って』というのはこのような感覚から生じるのだろうか？

《宇治原さんがネタ覚えられない問題》は2人でよく話し合った。

申し訳なさそうな宇治原さん。

こちらも感情的に怒ってしまったことがあった。

ただ、作ったネタが消化不良で終わってしまうのは避けたかった。原因を追究しなければならない。

まず宇治原さんから、考えられる要因について説明があった。

宇治原さんが申し訳なさそうに言った。

「緊張するやん」

そうだ。

そうだった。

宇治原さんは昭和生まれを代表するほどの緊張しいだった。

ええカッコしいであるのと同時に、緊張しいだった。

バスケ部だった。

思い返せば、宇治原さんがフリースローを決めているところを見たことはなかった。毎回外すたびに、ユニホームで手の汗を拭いていたのを思い出した。根っからの緊張しい。

申し訳なさそうな宇治原さんのフォローをしたかった。

「確かにフリースローは緊張するなぁ。でもフリースローって1人でやるやろ？　俺おるから2人やん。緊張も半分になるやろ？」

そのようにフォローしようと試みたが、よくよく考えたら、僕はバスケ部で根っからの補欠だったことを思い出した。

フリースローしたことがなかった。

「確かにフリースローは緊張するなぁ」の説得力があまりにもなさすぎた。

でも「いや。おまえフリースローしたことないやん！」と宇治原さんがツッコんでくれるような場の雰囲気でもなかった。

宇治原さんの緊張しいのせいで嫌な思いをした。

やはりコンビだ。

どちらかが嫌な思いをしたら、もう片方も嫌な思いをする。
宇治原さんの緊張しいは、解決しないまま月日は流れた。
それでも少しは宇治原さんの緊張しいを解消してくれる人物が現れた。
ファンだ。芸人になり、有り難いことにすぐにファンができた。
もちろん嬉しかった。

ただ困ったこと。
サイン。
《サインをどうするか問題》。
「サインください」と言われた僕は、丸の中に菅と書くサインをすることにした。
ハンコがない時にするサインの書き方しか思いつかなかったからだ。
郵便局員にするような公式のサイン。
サインをもらった方も、郵便局員のような硬い表情で立ち去った。
サイン問題は他にもあった。

入り待ちの方や出待ちの方にサインをする機会が増えた。

「〇〇ちゃんと書いてもらえますか？」

もちろん有り難く、名前入りのサインを書かせていただいた。

そのようなことが毎日続くうちに、よくわからないやりとりが行われるようになってしまった。

ファンの方が色紙や教科書やスケジュール帳を持ってくる。

僕は尋ねる。

「お名前なんですか？」

何回かサインをするうちに、たびたび言われることがあった。

「え？　忘れたんですか？　私の名前なんでしょうか？」

名前なんでしょうクイズを出題されるようになった。

もちろん何人かは覚えていたが、サインをする人数が増えれば増えるほどに相手の名前を覚えるのは至難の業《わざ》だった。

僕は言った。

「ごめんなさいね。お名前教えてもらえますか？」

本当は当てずっぽうで言っても良かった。

3分の1で当てる自信があったからだ。

というのも、ファンの方で「名前忘れたのですか？」と言ってくる方の名前の傾向は摑んでいたからだ。

まいこ。

ゆい。

あすか。

なぜだかわからないが、このクイズを出してくるのは、人は違えどもこの名前だった。

自分の中で『名前なんでしょうクイズを出してくる3巨頭』と呼んでいた。

ただ外れたらより面倒臭いことになるので、当てずっぽうで言うのは控えておいた。

このやりとりが不毛な時間であることは認識していたので、あるところに境界線を引いて対応を変えることにした。

未成年かそうでないかだ。
未成年の場合は「ごめんなさいね。名前教えてくれる？」と対応することにした。
一方成人であろう場合は違う対応をした。
真っ直ぐ目を見て「覚えていないです」と言うようにした。
名前を書く場合のサインはまだ良かった。
ある程度知名度が上がると、サインだけを欲しがる人が現れた。
宛名がないサインを何枚も何枚も書いた。
そんなある日。
とある先輩に言われた。
「おまえもあそこ行ってるんや？」
とある場所を言われた。
行ったことのない場所だった。
とある先輩が教えてくれた。
「あ。そうなんや。おまえのサイン飾ってたから」

その場所は泌尿器科だった。

別に良いといえば良いが、ちゃんと宛名があるサインをしようとこの時心に誓った。

そのようにサインをする機会が増えても、僕も含めて宇治原さんも、他のコンビのファンを含めても、劇場を連日パンパンにすることはできなかった。

そのような状況でやらなければならないこと。

手売りだ。

チケットを手売りして劇場に来てもらう。

当たり前のことだと思った。

まだ名前だけで劇場が埋まるほどの知名度も腕もなかった。

チケットは買い取り制だ。

1枚1000円のチケットをまずは何枚か買い取る。

観に来てくれそうな方にそれを売る。

売らなければ自分たちの赤字になった。

そんな状況が数ヶ月続いた。

そうすると、とある頼まれごとをされるようになった。

「チケット、代わりに売ってくれへん？」

他のコンビに比べてチケットが売れた僕は、よく頼まれた。

一度了解すると、頼まれごとが増えていった。

毎週毎週1人で50枚ほどの手売りをした。

正直全く嫌ではなかった。

せっかく作ったネタを多くの方に見てほしいと思うのは至極当然の話だ。

また、手売りをすることで確実にファンが増えていっていることも実感できた。

はじめは50枚売るのにかなりの時間を要した。

1年ほど経つと、わずか数分でチケットを売ることができるようになっていた。

そうすると、同じランクの劇場に立つコンビの間では、ある程度人気があるコンビになっていた。

よく言われるようになった。

「いいなぁ。人気あって。チケット売るのも楽やろ？」と。

特に波風を立たせる必要がないと感じた僕は冗談を含んだ感じでこう言った。

「そうなんです！　楽っす」と。

正直、初めのうちは、人気の差は微々たるものだったと思う。

それが毎週、毎週手売りをすることにより差が開いていった。

つまり人気があるから手売りができたわけではない。

手売りをすることで人気が上がったのだ。

勉強も全く同じなので構造が理解できた。

宇治原さんが人からよく言われたこと。

「いいなぁ。頭良くって。勉強するのが楽しいやろ？」

確かに地頭は大切だ。

でもそこからどのような行動をとるかは本人の努力次第だ。なのに、そこは疎《おろそ》かにされることを僕は知っていた。

尚且《なおか》つ、宇治原さんが成績が良いのは相対評価においてだ。

相手がいての評価に過ぎない。

つまり成績が悪い人は地頭のせいにして勉強しないから差が開くのだ。

それがわかっていたので、内心こう思っていた。

「人気に差が開いたのは、あなた方がサボったからですよ」

次第に人気があるゆえの仕事が決まるようになってきた。ファンができたことにより、アウェーがホームに変わった。

やはり、知っている人間の前とそうではない人間の前では、やりやすさが変わる。

宇治原さんも若干は緊張がほぐれ、まだ我々の教科書に載る題材は少ないが、公園にいる鳩から、動物園にいるフラミンゴぐらいは飛べそうな雰囲気に変わった。

そんなある日。

まさかの、人気がある他のコンビ2組と一緒に歌って踊るグループを組むことになった。

# 第4章　20歳の宇治原さんへ

25×12

20歳の宇治原さんへ。

びっくりすることを報告しますね。

「2人でずっと喋る仕事がしたい」と芸人を目指した僕らですが、歌って踊っていました。

気がつけば大人数の前で歌って踊っていました。

またまたびっくりすることを報告しますね。

爆発的に人気が出ます。

徒歩で通っていた、劇場から劇場までの間の距離わかりますよね？

ファンの方が多すぎるのでタクシーで移動するようになりました。

単独ライブの売り上げが劇場1位にもなりました。

声だけでも、と劇場の後ろの扉を開けて通路までお客さんを入れました。

宇治原さん。

あなたは変わりました。

あなたはパーマを当ててます。

必死に人気を出そうとパーマを当てます。

悲しきパーマ。

あなたは助っ人外国人がデーゲームの時にかけるようなサングラスをかけ始めます。

あなたは穿《は》くことはできるが脱ぐことができない極細のパンツがお気に入りになります。

劇的に人気が出たことについてですが。

客観的に「人生ってわからないものだなぁ」と他人事《ひとごと》のように思っていました。

特に嫌でもなかったです。

嬉しいとも違うような感情。

ただ、普段ネタをしている劇場にお客さんが入ってくれたことが一番嬉しい。

淡々と与えられた仕事をこなしていました。

これも良いか悪いかはわかりません。

学生時代に教わったことに基づいて、行動をしていました。

それは何か？

【副教科をサボるのはダサい】。

上手い下手ではなく、副教科つまり必要がないかもしれないと勝手に思い込んでいる事柄をサボるのが、2人ともダサいと認識していますね？

だからダンスも歌も一生懸命にやりました。

抜群に下手でしたが。

学生時代。

カラオケで米米CLUBさんの「浪漫飛行」しか歌ってこなかったツケが、ここにきてまわってきました。

2人にとって、歌って踊ることが特に嫌ではなかった理由はもう一つあります。

宇治原さんの役割があったからです。

グループを組むことのメリット。
多様性。
いわゆるキャラが被らない1人1人の集まりになると、人気が高まりますよね？
その中でも特に必要な要素があります。
落とし所。
つまりオチ。
その役割を、あなたは一手に引き受けることになります。
初《しょ》っ端《ぱな》からそうでした。
我々が歌って踊るグループは「男前芸人グループ」と呼ばれました。
心配しないでください。
自分たちで立候補したわけではなく、他薦です。
他薦で選ばれた宇治原さん。
番組関係者にこう言われます。
「宇治原君だけ男前じゃないね」

こんなに理不尽なことがあっていいのでしょうか？

自分で立候補したわけではなく、他薦で現場に現れたら「君は場違い」と言われる理不尽。

ごめんなさい。

本当にごめんなさい。

腹抱えて笑いました。

この世界に飛び込んで良かったと思いました。

この風景を見るために僕は芸人になったのかとさえ思いました。

思い返せば高校時代から、宇治原さんがいじられるのを見たのは初めてかもしれない。

人からいじられるような人生を歩んできてはいないはずです。

そうか。

また忘れていました。

高校時代は僕しか友達がいなかったので、僕以外からいじられる選択肢はなかったですね。
ええカッコしいのままの宇治原さんなら怒っていたかもしれません。
それから、宇治原さんのいじられ人生が始まった。
あまりの人気ぶりにタクシーで移動することになったとお伝えしましたね。
人が溢れかえり近隣の住人に迷惑をかけてしまうからです。
その時の宇治原さんの役割。
発表します。
おとり。
おとりの役割です。
まず宇治原さんが劇場をあとにする。
タクシーではありません。
徒歩です。
宇治原さんだけは徒歩で移動することになります。
劇場から宇治原さんが徒歩で移動して次の劇場に向かうことに。

その間に残りのメンバーがタクシーで次の劇場に向かいます。

宇治原さん、あなたが歩き出す。

人混みが移動したと同時に残りのメンバーはタクシーで移動します。

タクシーの中までも聞こえました。

「こっちは宇治原！　向こう！　向こう！」の声が。

宇治原さんの周りから人混みが消えていくのを横目に、タクシーは目的地に到着するという日々。

また、オリジナルのシールも発売されました。

凄いでしょ？

ビックリマンシールのようなシール。

子どもの頃に憧れたビックリマンシールに自分がなるとは思ってもいないですよね？

子どもの頃、社会問題になったことがありました。

シールだけもらい中身のチョコレートを捨てる問題。

ビックリマンチョコを箱で買い占め、シールだけをとり、チョコレートを全て捨てるということで起きた社会問題。

あなたはビックリマンチョコとは逆の社会現象を起こしました。

【チョコレートだけ受け取り、宇治原さんのシールを捨てる】。

コンビニのゴミ箱の側面があなたのシールだらけになりました。

それくらい、関西ではある程度知られた存在になります。

そうなると仕事は加速度をつけて増えていきました。

……そうなんです。

怒濤の20代。
20、30、40代のあなたにお手紙を書こうと思っていますが、20代が一番短い手紙になります。
というのも覚えていないからです。

一番忙しい時代、つまり一番色々と経験をした時代ではあるのですが、一番覚えていません。

色々ありすぎて覚えていない。

そんな20代。

普通の20代では味わえない経験もさせてもらいました。

ただ、普通の20代で経験するべきことを経験しない20代ということになります。

あなたは20代の頃に流行った曲を一つも知りません。

自分たちが歌う曲しか知りません。

40代になった今でも5円、10円の印税が入ってくる曲しか知りません。

あなたはカラオケに行くと、自分たちの曲を歌います。

周りからすればサービス精神満載です。

でも違うのです。

その当時に流行っている曲を知らないからです。

ドラマも全く観ていません。

20代にやっていたドラマを全く観ておらず、30代、40代になってから嬉々として観る毎日。

あ、ドラマには出演します。

「あなたがドラマでアップになった時にオデコにニュース速報が流れたエピソード」を嬉々として喋る毎日。

あなたのオデコに殺人犯とテロップが流れます。

それが20代です。

では30代。

やっとあなたの得意分野が現れます。

歌って踊るのではない得意分野。

そう。クイズ番組です。

あなたが飛び立つ時がやってきました。

芸人の教科書ではなく、学生時代の教科書を抱えながら。

# 第5章　30歳の宇治原さんへ

25×12

30歳の宇治原さんへ。


30歳おめでとう。

30代のあなたは今までに出合うことができなかった得意分野に出合うことになります。

そう。

クイズ番組です。

30代はクイズ番組で大活躍します。

もの凄い活躍します。

無双です。

クイズ無双です。

「宇治原君の答え。正解者に拍手」の嵐。
それが30代です。
クイズの話の前に、本業の漫才についてもお話ししなければいけませんね。
【宇治原ネタ覚えられない問題】。
あなたは緊張からか、ネタを全くと言っていいほどに覚えられませんでしたね。
僕は正直にいえばこう思っていました。
「手を抜いているのではないか?」と。
だって。
だってさ。
あなたは京大やんか。
京大でネタ覚えられないって変やん。
なんか変やん。
だからか、サボっているのではないかと感じていたのです。
感情的になり怒ったこともありました。

ただある時期に気がつきました。

「あれ？　こちらが間違えているのではないか」と。

ネタの書き方を変えてみました。

あら。びっくり。

そこからはあなたがネタを忘れることはなくなりました。

そうなんです。

こちらのせいなんです。

あなたは教科書を丸暗記できる人間です。

どのような分量であっても全て覚えてしまいます。

ただし条件があります。

【文章が正しいという条件】。

この事実があれば、あなたはどのような分量であっても文章を覚えることができました。

あなたの頭の中はドミノです。

ドミノ倒しの要領で、次々と文章を覚えていきます。
つまりドミノが倒れない場合。
ドミノの置き方がおかしいことに気がつきました。
こちらの置き方が悪かったのです。
ただ、次の問題が起きます。
これはあなたが悪いことではありませんが。
【長時間かけて作ったネタを秒で覚えてしまう問題】。
こちらが何時間もかけて作ったネタをあなたは秒で覚えます。
いいねんで。
もちろんいいねんで。
ドミノと一緒です。
何時間もかけて作ったドミノを一瞬にして倒される気持ち。
なぜか学生時代を後悔しました。
「僕はなぜお母さんがあれだけ時間をかけて作ったご飯を一瞬で食べたのだろう」と。

怖いです。
思春期は怖い。
でもあなたは思春期ではありませんね？
れっきとしたおじさんです。
是非是非、ネタを作った僕に感謝してほしい。
日々そのような感じだったので、僕は大事なことを忘れていました。
あなたが賢いことを。
だから、あなたがクイズ番組に出始めた時の正直な気持ちをお伝えしますね。
「え？　こんなに賢かったの？」
そうなんです。
忘れていました。
長いこと一緒にいすぎて忘れていました。
あなたがこれほどまでに賢いことを。
高校時代から20代の頃は意識はあまりしていませんでした。

関西を土壌に育ったことも関係していますね。

関西ではいわゆる「かしこ」だけでは納得はしてもらえません。

「かしこがかしこではないことをするから価値がある」文化。

それが関西です。

関西では京大出身であることが浸透していたあなたは、20代はイジられまくりましたね。

目が窪んでいる。

ガイコツ。

横白髪。

あっごめんなさい。

横白髪はもう少し先です。

忘れてください。

話をもとに戻します。

京大という表面的な賢さは、みなさん理解していました。

では具体的にどれくらい賢いのか？

僕も含めてみなさんがあまりピンときていませんでした。

あなたの真の賢さを披露できるチャンスをもらえたのが、クイズ番組です。

関西以外での反応も功を奏しました。

僕も忘れていた反応です。

クイズを解いたら「うわぁ。凄い！　賢い！」の反応。

関西ではあり得ない反応。

関西ではクイズを解いたら「うわ。普通に解いてるやん。ボケなしやん」となりますよね？

よくよく考えたら関西がおかしいですね。

だからか、関西での人気は少し下がることを理解しておいてください。

関西以外での知名度は飛躍的に向上します。

しかもあなたはクイズの勉強をしません。

あなたは自分自身でわかることになりますが、クイズの勉強をしません。

それなのに勝ちます。

ライオンです。

鍛《きた》えなくても強いライオンです。

数々のクイズ番組に出演して数々優勝しました。

大阪から新幹線に乗りさえすれば、東京で優勝して大阪に戻るという日々。

順風満帆に見える日々。

ただクイズ番組には2人を悩ます制度がありました。

優勝賞金です。

今あなたは「え？　そんなんあるの？　別にいらんけどな。なくてもクイズやるけど。楽しいし」と思っていますね？

バカです。

その感覚はバカです。

バカは言い過ぎました。

世間一般ではありません。

優勝賞金と優勝賞品をどうするのか？

これを2人で話し合いました。

そして、とある結論に達しました。

クイズ番組の優勝賞金を折半にすることに。

というのも、あなたは優勝しすぎました。

お金だけではなく、たくさんの優勝賞品をもらいます。

一生食べたくないくらいのお好み焼きの券をもらいます。

肩がフニャフニャになるくらい、肩こりに効くであろうネックレスをもらいます。

テレビで四面楚歌作れるくらいのテレビをもらいます。

『え？　それ。宇治原さんがクイズ番組の優勝賞品でもらったやつですよね？　違っていたらごめんなさい』と思う代物を、吉本の社員が身につけていました。

そうです。

クイズバブルです。

クイズ成金です。

ここで浮かれていてはいけないことは、歌って踊るグループをしていた時に経験しましたね。

というのも「応援する方がいれば、応援したくない方も出てくる」。

このことを身をもって体験しました。

今回は、その時とは少しというかだいぶ違います。

20代で経験した、歌って踊るは2人でした。

しかもあなたは、歌って踊るルックスを兼ね備えてはいないのに歌って踊っていたので、まだ〝応援したくはない方〟の人数を抑制することができましたね。

でも今回は違います。

眩《まぶ》しすぎます。

さすがに眩しすぎる。

頭の良さと金品をもらえることを同時に露出するのは、さすがにやらしすぎる。

頭の良さを隠すのは違う。

わかっているのにわからないフリをするのは違う。

ではどうするべきか？

優勝賞金や優勝賞品を折半することにしよう。

まずは計算をすることになります。

僕の給料の計算です。

あなたがクイズ番組に出始めた頃と同時に僕はＣＭが決まり、１人のロケもしていました。

その金額とクイズの優勝賞金がまさかの同額になる可能性が高かったのです。

だから僕が提案しました。

「クイズの賞金を半分は相方に渡していることにして、宇治原さんが背負うかもしれないマイナス要素をこちらが引き受けよう」

なんて素晴らしい相方なのでしょう。

悪く言われるかもしれない優勝賞金を半分渡すことによって、良い人に変えるのです。

しかもなんとあなたがもらえる金額は変わりません。

もう一度書きますね。
なんて素晴らしい相方なのでしょう。

宇治原「優勝賞金は半分相方に渡してます」
菅「そうなんです。僕ら馬主と馬の関係なんです」

この発言がそれなりにウケるのでドンドン使っていきましょう。
あ、優勝賞品は、アイデア代として半分もらいますね。
その甲斐あってかなくてか、あなたは老若男女に認知されていきます。
特にお年を召した方から絶大な人気を得ることになりますよ。
ファンレターをいただきます。
70代の方からファンレターをいただきます。
凄いですね。
少なくとも僕にはそんな経験はありません。

内容も素晴らしいです。

あなたを異性としても意識しているのでしょうか？

ファンレターにはこう書いてありました。

「死んだ主人にそっくりです」

80代の方からも親しみを込めてこう呼ばれています。

「京大出のガイコツ」

このようにあなたはお年を召した方に大人気ですよ。

あなたにとっては喜ばしくないかもしれませんが、子どもにも大人気です。

あなたが苦手な子どもが寄ってきます。

正確に言うと、子どもを連れた母親が寄ってきます。

「賢くなるように頭を撫《な》でてあげてください」とよく言われるようになります。

30代のあなたは泣き叫ぶ子どもの頭を撫でる日々です。

嫌がる子ども。

なんとか頭を撫でてほしい母親。

必死で子どもの頭を撫でるあなた。
この構図が10年は続くと思っておいてください。
もう一つ。
嫌がる子ども。
なんとか子どものノートにサインをしてほしい母親。
この構図も10年は続くと思っておいてください。
まだピンときていないですか？
ナマハゲです。
秋田のナマハゲです。
「わるいこはいねーか」でお馴染みのナマハゲです。
あなたナマハゲです。
子どもから見たら、あなたナマハゲです。
大人が喜んでいるだけで子どもは怖がっている産物。
それがナマハゲと宇治原さん。

まだまだあなたをかわいそうだと思うことがあります。

それはロケ中や移動中に声をかけられる時。

もちろん声をかけられること自体は喜ばしいことですよね？

あなたはこれから『なんて答えたら正解かわからない声のかけられ方』をよくされます。

例えばこんな感じです。

『私の旦那の弟の奥さんのお父さんが京大なんです』

どうですか？

なんて返事を返したら正解かわかりますか？

『遠いな！』

これは違いますよね？

正解ではあるが、不正解ですよね。

というのも、これは嫌な気持ちになる可能性があるし、相手はボケていない可能性が高いからです。

真っ直ぐに想いを伝えている可能性が高いから。
宇治原さんの返答。
模範的返答。
『よろしくお伝えください』
完璧な返答。
完璧な返答をした時の宇治原さんの顔をお伝えしますね。
無。
無の境地。
うっすら笑みをたずさえた、無の境地。
ただ、ここで終わらない人がいるから気をつけてください。
『ありがとうございます。でも最近会えてないんですよ』
これを読んでいるあなたの今の気持ちを代わりに言わせてほしい。
知らんがな！
それは知らんがな！

関係が遠いからや！
関係が遠いもん持ってくるからこんなことなんねーん!!
それを聞いてもあなたは模範的返答をします。
宇治原さんの模範的返答。
『お会いする機会があれば、よろしくお伝えください』
素晴らしい。
素晴らしい返答。
仏。
仏の返答。
喉仏から繰り出された仏の返答。
ちなみに僕の場合、こう声をかけられます。
『僕・私の出身大学は大阪府立大学です』
真っ直ぐ。
真っ直ぐに大阪府立大学がきます。

はやいです。
直接が過ぎる。
変化しても少し。
少しだけの変化。
親、きょうだいのみ。
中学歴は楽。
生きやすい。
中学歴は生きやすい。
ちなみにクイズ番組であなたが大活躍していた30代。
吉本の養成所に変化が起きます。
信じられないとは思いますが、ゴロゴロ高学歴が入ってきます。
そう。あなたの影響です。
凄まじい影響力。
クイズに出られると思ったのです。

そして……軒並み辞めました。
全員辞めました。
ちなみに中学歴ゼロ。
大阪府立大学レベルはゼロでした。
あ、良いことも書いておきますね。
あなたは世の子どもたちに【勉強することはカッコいい】との認識を植えつけました。
スポーツすることもカッコいい。
同じように勉強することもカッコいい。
そのような認識を植えつけました。
素晴らしいことですね。
10年後楽しみにしていてください。
あなたに憧れた子どもたちが、たくさんあなたの周りに集まります。
あなたに意味なく頭を触られたと引くほど泣いていた子どもたちが。

あなたにノートを奪われて勝手に何か訳のわからない文字を書かれたと引くほど泣いていた子どもたちが。

ナマハゲは子どもの成長を願った優しい大人だったと気がついた子どもたちが。

そう。

宇治原チルドレンの誕生です。

クイズ番組に、宇治原チルドレンが集結します。

あなたに憧れた宇治原チルドレンが集結。

そして。

あなたは仕事を奪われます。

そのお話はまた40代のお手紙で。

宇治原チルドレンが現れるくらいのあなたですが、横から見ていても素晴らしいところがあります。

だから宇治原チルドレンが集まったのではないかと思うところでもあるのですが。

それは何か？

あなたは調子に乗りません。

側から見ていてびっくりするくらい調子に乗りません。

調子に乗っても良さそうな出来事は起こります。

あなたが20代の頃。

歌って踊っていたのを覚えていますか？

そうです。

あなたがダントツで人気がなかったあのグループです。

1人だけ段違いに人気がなかったあのグループです。

勝手に入ったと思われてもおかしくないくらいあなたの人気がなかったあのグループです。

あなたのファンだけが、他のファンには数では負けるからと、山の火事を消す神話の英雄が持つような大きなうちわに宇治原と書いて応援していた、あのシーンが嘘だったかと思うようなことが起こります。

本物の歌って踊るグループに所属している方と肩を並べます。

びっくりしましたか？

嘘みたいな話ですよね？

本当です。

とある雑誌のランキング。

あなたは「家庭教師をしてほしいランキング」で、本物の歌って踊るグループに所属している方と肩を並べます。

偽物中の偽物だったあなたが、本物中の本物のアイドルと競い合うことになるのです。

あなたはそんな凄いことが起こっても調子には乗りませんでした。

僕なら雑誌を持ち歩く。

鞄に入れて持ち歩く。

ことあるごとに見せる。

その雑誌を見せる。

なんならその雑誌のランキングが書いてある部分を切り取りオデコに貼って歩いてもいい。

あなたはしなかった。

雑誌を持ち歩いていたかは知らない。

少なくともあなたはオデコに貼って歩くことはしませんでした。

なぜなのか?

30代のあなたには聞いてもいませんし、40代のあなたにも聞いてはいません。

だから、あなたが調子に乗らなかった理由を想像して、提示したいと思います。

まず、歌って踊るグループを組んでいた経験のおかげで、ブームが過ぎ去ることを認識していた可能性。

次に、本業以外で評価されることは有り難いが、調子に乗るほどではないと思っていた可能性。

そして、そもそも賢いことはわかっていたので特に喜ばしいことではないと思うちに、秘めた調子の乗り方をしていた可能性。

最後に、前髪を下ろしていたので、ランキングを切り取ったページをオデコに貼りたくても貼れなかった可能性。

このうちのどれかだと思います。

あ、でもあなたは知らないことですが、40代のあなたは前髪を上げています。

オデコ全開です。

もしかしたら、30代の反省を踏まえて何かしら貼るためにオデコを全開にした可能性も、今のところ否定できません。

ただ、貼るような出来事が40代では起こらないことだけお伝えしておきますね。

あなたがクイズで活躍すると同時に、こちらも温めていたことを世に出すことになりました。

# 第6章　30代の教科書

25×12

## 30代の教科書。

30代に入り、すぐに出版の依頼が舞い込んだ。
出版社の方との打ち合わせ。
テーマが提示された。
「京都について書いてほしい」
どうやら京都についての本が売れるらしい。
宇治原さんが京大に通っていたので、京都本の依頼だった。
しかも宇治原さんではなく、僕に書いてほしいようだ。
京都にはなんのゆかりもない僕に。
僕は率直に思った。

「京都の本ってなに？」

ザックリが過ぎないだろうか？

あまりにもザックリが過ぎる。

京都の神社仏閣について書いてほしいならまだわかる。

京料理について書いてほしいならまだわかる。
※書けないが。
僕は質問した。

「具体的に京都のどのようなことを書けばいいですかね？」

出版社の方が答えてくれた。

率直にびっくりした発言。

「……さくらとか」

はい？

こちら側の文章能力の問題かもしれない。

さくらについて一冊の本にする自信が全くなかった。

「一冊の本にする自信がない」も言い過ぎた。
一行しか書ける自信がなかった。
《京都のさくらはきれい。》
これ以外に書ける自信がなかった。
僕の表情を見て何かを感じ取ったのか、出版社の方が慌てて言った。
「さくらだけでは一冊は無理ですよね」
良かった。
伝わって良かった。
けれど次の発言で、本質は伝わっていないことがわかった。
「じゃあ前半はさくらで後半は紅葉はどうでしょうか？」
サッカーのヘボ監督みたいに言ってきた。
前半の作戦はシュート。
後半の作戦はキーパーセーブみたいな指示。
無理だ。

さくらと紅葉で一冊は無理だ。

またまた言い過ぎた。

一冊どころではない。

二行しか書けないと思った。

《京都のさくらはきれい。

京都の紅葉はきれい。》

こんな二行の文章を出版社と作るわけにはいかない。

大赤字だ。

《京都のさくらはきれい。

京都の紅葉もきれい。》

「は」を「も」に変えられるという校閲が行われるだけの作業になってしまう。

僕は提示した。

『京都やったら京大でもいいですか？　宇治原さんが主人公の小説なら書いていますが』

実はもしかしたら本になるかも、と宇治原さんが主人公の小説を書いていた。

宇治原さんと出会い、京大に合格してから芸人になるまでの小説だ。

宇治原さんの顔を見た。

僕の提示を受けた宇治原さんは、そもそも本を書く気がないので、この不毛になるかもしれない打ち合わせがはやく終わりそうだとサクラサク顔をした。

聞けば、紅葉になる頃までに書いてほしいようだ。

まだ半年以上ある。

中身の構想はもう決まっていた。

タイトルも決まっていた。

『京大芸人』

これを事前に書いていたのは、20代の経験があったからだった。

20代の頃。

とあるテレビ局関係者から会食の時に尋ねられた。

「自分たちのどんな番組やりたい？」

正直、自分たちの番組を持つなど夢のまた夢だった。

与えられた仕事を自分たちなりにこなすのに必死だった。

だから自分たちの番組を具体的に持つなど想像もしていなかった。僕は、京都本を提示した出版社の方以上の曖昧さで答えた。

「2人の色が出るような番組したいです」

今ならこう思う。

「なんじゃ。このしょうもない意見。ペラペラ。ペラペラの意見。色を言えよ。なぁ。どんな色なんか言えよ。無色透明の意見を言うな」

ただ20代の僕は、わかっていなかった。

会食が終わり、店を出てテレビ局関係者の方と信号待ちをしている時に言われた。

「ああいう時に何かしらの具体的なことを言わないとチャンスはまわってこないよ」

その通りだと思った。

日々の忙しさにかまけて未来を見据えてはいなかった。

具体的にやりたいことを実現するために、日々の努力をするべきだ。
最終目標がないのに日々の努力をしても意味をなさない。
無駄な努力だ。
野球をしたいのにサッカーボールでリフティングをしても意味がない。
ただ2人で喋るために芸人になったので、目標はすでに叶えている状態だとも言えた。
最終目標が見えた。
2人で喋ることを継続する。
そのためのチャンスを逃さない。
その2点を兼ね備えるのが『京大芸人』だった。
まずは自分たちの説明書が要る。
説明書がなければ使い方がわからない。
わからない商品を使ってもらえることは、難しい。
そして2点目。

いつチャンスがくるかはわからないが、チャンスがきた時のために説明書を作っておく。

この2点のために、もしかしたら日の目を見ないかもしれない本の執筆を、仕事の合間を見つけては続けていた。

チャンスを手に摑むのは、風車を動かすのに似ていると感じていた。

つまり最初に風車を動かすための風力は、風車を動かし続ける風力よりもパワーがいるように思う。

宇治原さんに聞けば一緒やでと言うかもしれないが。

一度動かしてしまえば、あとはなんとかなる。

一度動かすための力。

それには運・実力・努力が必要だ。

動かしてしまえば、あとは実力と努力でなんとかなる。

しかし初めに動かすのは、自分の力だけではどうにもならない。

運も必要だ。

今回のような、他人の力が必要不可欠だ。

さくらと紅葉を推してきた出版社の方の力添えがあり、『京大芸人』の執筆まで漕ぎ着けた。

僕は思った。

「よし。2人の風車が動き始めた」と。

そして売れた。

『京大芸人』が売れた。

2ヶ月くらいで10万部売れた。

ここまで売れるとも売れないとも思っていなかった。

正直実感がなかった。

本を初めて出したので、どれくらいが目安なのかがわからなかったのだ。

ただ、実感が湧く言葉を、さくらがオススメ出版社の方に言われた。

「凄いです！　凄いです！　凄いです！　もうお金を刷っているのと同じです！」

どうやら本が売れると、お金を刷っているのと同じ感覚になるようだ。

浮かれている。
出版社の方が浮かれている。
さくらのことを書かなくてよかった。
紅葉のことを書かなくてよかった。
出版社の方はお花見をしているかのように浮かれていた。
売れたおかげなのか、宣伝もたくさんしてくれた。
『京大芸人』の宣伝をするために、東京の色々な番組に呼ばれるようになった。
自分たちの取り扱い説明書として書いた『京大芸人』。

これが、僕たちが思っていなかった受け止め方をされることになる。
とある番組で言われた。
部屋に呼ばれる番組。
我々はギャラが折半制度であることを伝えた。
宇治原さんのクイズ番組の賞金を折半している話をした。

真っ直ぐな瞳で言われた。
真っ直ぐ僕を見て言われた。
「あなたは金食い虫ね」
え？
え？
何虫？
初めて聞きましたが何食い虫？
金食い虫？
え！　金食い虫！
僕は言い訳をたくさんしたかった。
「違うんです！
違うんです！
折半制度にしたのは戦略なんです！
宇治原さんだけお金もらうと感じ悪いから、戦略で折半制度にしたんです！

こちらが悪いように見せた方がいいから折半制度にしたんです。

だから合ってます。

ツッコミ合ってます。

でもでもそこまで言われるとは想定外でした！　『京大芸人』の印税も折半なんですよ！」

とは言えなかった。

また、読んでくれた方々が書いてくれる感想ハガキにも、思っていた感じではなかったことがたくさん書いてあった。

もちろん「面白い」という感想もたくさんあった。

それと同時に「仲良くて感動した」「菅さんが宇治原さんのことを好きすぎる」などの感想が多かったことにびっくりした。

僕たちはそんなに仲が良いとは思っていなかった。

普通にしているだけで、仲良くしようとしているわけではなかった。

だから仲が良いことを売りにするつもりも一つもなかった。

2人が思っていない方向に進んでいく。

そんなある日。

吉本の社員さんから言われた。

「所属を東京に移しませんか？」

クイズ王と金食い虫は、所属を東京に移すことになった。

ところがここから、珍しいパターン。

吉本の社員から「所属を東京に移したら？」と言われる珍しいパターンで、東京に向かうことになる。

正確に言うと向かわなかった。

関西の吉本の偉いさんと話し合うことになった。

「東京に所属するなら、大阪のレギュラーを全て降りてもらうことになる」

今までの慣習。

東京に所属を移す場合は、大阪の仕事を辞めてから行く場合が多いようだ。

というのも大阪にレギュラーがあると、東京の仕事のオファーがあっても収録時間やオンエアの時間が被ってしまい、オファーを断ってしまうことになる。

僕は関西の吉本の偉いさんに言った。

「嫌です」

自分たちから東京所属を申し入れたわけではないし、リスキーだと思った。

通用するかどうかわからない東京に全てを捨てて臨むのはリスキーだと感じていた。

しかも関西の番組にはお世話になっている。

もしかしたら関西と関東ではギャラや知名度の上下には繋がるかもしれないが、仕事内容の上下には繋がらないと思っていたからだ。

関西の吉本の偉いさんはビックリしていた。

凄くビックリしていた。

内容よりも反対されたことに驚いていた。

反対意見を寄せ付けないイカツイ風貌をしていたので、初めて受けた反抗だったと思われる。

あまりの出来事に関西の吉本の偉いさんはこう言った。

「うん。わかった」
こうして関西の番組を残しながら東京所属になった。
変な現象が起こった。
あるあるなのかもしれないが、東京所属に変えてすぐに、大阪の仕事が増えた。
関西の仕事でパンパンになった。
なんとかマネージャーが頑張ってくれて、東京の番組に呼ばれるようになった。
クイズ番組。
そもそも宇治原さんが出ているクイズ番組に僕も呼ばれるようになった。
難しい。
本当に難しい。
クイズが難しいということではなかった。
もちろんクイズも難しいが、それよりも立ち位置が難しかった。
関西の立ち位置と真逆になってしまったからだ。
立ち位置とは2人の立つ位置のことではなく、いわゆる立場が逆になってしまった。

関西では僕を立てて宇治原さんを落とす慣習が行われていた。
街行く人でもそのようにしてくれた。
「あ、菅ちゃん！　宇治原なんでおるの？」のように。
つまり我々の取り扱い説明書が上手く機能していた。
関東は違った。
「クイズができる宇治原と、付いてきた菅」になった。
その図式が嫌だったわけではなかった。
対応の難しさに四苦八苦した。
10年ほど染み付いたパターンが体から抜けないのだ。
いつもとは違うバッターボックスに立たされている気分だった。
当たり前のように三振を繰り返した。
関西から東京に、という流れの中で、2回売れなければいけない問題がもろに出た。
東京でやる時は東京仕様に変えないといけないが、関西仕様が体から抜けないのだ。
対応できないまま年月が過ぎていった。

東京の番組に対応できなかった問題については、2人の性格が関係していた。

2人の性格。

【相手がメインになってる仕事に付いていく場合、緊張する問題】。

つまり、僕発信の仕事は、宇治原さんが緊張するし、宇治原さん発信の仕事は、僕が緊張するのだ。

東京のクイズなどの仕事は、宇治原さん発信の場合が多い。

多いは間違えた。

全部だ。

東京のクイズなどの仕事は、全部だ。

相手に迷惑をかけてはいけないという思いが、緊張に拍車をかけた。

緊張に拍車をかけることにより、より相手に迷惑をかける結果になった。

もう1点。

【宇治原さんは当たり前だが、俺も少しはできるとこを見せたい問題】が発生した。

僕も少しは賢いところを見せたくなったのだ。

そんなことは誰にも望まれていないのに、賢いところを見せたくなったのだ。
だからやったこと。
勉強した。
漢字などの勉強をした。
しかも毎日やるわけではない。
クイズ番組が決まってから少しだけ勉強した。
最悪のパターン。
緊張する最悪のパターン。
学生時代の受験勉強が全く生かされていなかった。
というのも、緊張というのは過程の行動に左右される。
全く勉強をしなければ緊張しない。
やっていなければ、わからなくても当然だと考えるからだ。
逆にむちゃくちゃ勉強した場合も、緊張はしない。
「これだけやったのだから、わからないならしょうがない」と考えるからだ。

バリバリ緊張するパターン。

それは中途半端に準備すること。

中途半端なせいで、わからないところとわかるところが本番までわからないから、緊張する。

それをした。

僕がスタッフさんならこう思う。

「わかったりわからなかったりする、知名度も低いわりに生活が安定している、緊張したタレントほど使いにくいやつはいない」と。

わかるかわからないかがはっきりしているタレントを集めたいと思う。

つまり高学歴やおバカタレント。

中学歴は本当に必要なし。

また緊張が許されるのは若いうちだけ。

しかも生活が安定しているから、ガツガツこない。

尚且つ芸歴もあるので、会社が守ってくれている。

このようなタレントを僕ならいらない。

見事にそれに当てはまった。

なんなら僕以外に、そのようなタレントを僕は知らない。

つまりオンリーワンだ。

タレントになるための条件の一つ。

なんでもいいからオンリーワンになること。

今まで格言めいたことで外れているのを聞いたことがない。

唯一外れている格言めいたことを、自分が体現してしまった。

有り難いことに関西の仕事は順調に増えていった。

情報番組の仕事が入った。

時事についてコメントする仕事だ。

コメンテーターをやって驚いたのは〝感情的に喋る人が多い〟。

ビックリした。

なぜこんなにも感情を込めて喋るのかが理解できなかった。

というのも、僕はディベートが盛んな中学・高校に通っていた。

本来のディベート。

自分がどちらの意見かなど関係がない。

どちらの言い分も正しいし、自分の考えはもちろんある。

ディベートの場合は違うのだ。

クジを引く。

どちら側の意見を言うのかクジを引く。

自分の意見などさらさら関係はなかった。

クジを引いて当たった方の意見を言うのだ。

このディベートのメリット。

自分以外の考え方も身につくことになる。

AとBの意見が対立する場合。AとBの主張をするのみだけではなく、折衷《せっちゅう》案のCを探すことが重要だと習った。

つまりCを探すために話し合うのだ。

この授業を散々した。
社会人になり、自分の意見や人の意見を聞く場が増えた。
社会では、先生から習ったこととは真逆のことが行われていた。
番組に出演しながら心の中で思った。
「先生！
全然ちゃいますやん。
先生に習ったんと、世間は全然ちゃいますやん。
自分の意見をむちゃくちゃ主張してきますやんかいさ。
相手の意見、聞きませんやん。
折衷案なんか誰も探しませんやん。
先生がやったらダメと言ったことのオンパレードですやんか。
大声出してますやん。
むちゃくちゃ大声出してますやん。
先生言ってたやんか。

大声出したらあかんって。

大声出して自分の意見を押し付けることが一番良くないって。

逆に意見が通らなくなるよって。

通ってますよ！

大声出した人の意見が通りますよ。

なんやったら感情があるから良いってなって、一番通りますよ。

偏るのは良くないからあえて違う意見を言えば、それが僕の意見のように勘違いされるよー。

芸人がバランスとっている時あるよー」

と思いながらやっていた。

ただ、だからといって大声を出したりはせず、自分の意見だけ通すことを考えないようにしながら、情報番組をこなしていた。

いつの日か自分たちの番組を持てたら、お互いの意見を尊重できるような番組を作れることを夢見て。

それが、40代のとある仕事に繋がっていった。

また、関西の仕事や宇治原さんのクイズ番組での活躍のおかげで、とある方々の心境に変化があった。

宇治原さんの両親だった。

第7章　宇治原さんの両親へ

25×12

宇治原さんの両親へ。


ご無沙汰です。

菅です。

あ、子どもの出産祝いありがとうございました。

自分にも子どもができたことにより、お2人の気持ちが痛いほどわかるようになりました。

京大に入って芸人になる。

そら反対しますよね？

反対しない方がおかしい。

思い返せば、お2人の息子さんに出会ったのが30年前。

お2人の息子さんが高校に入学して何ヶ月か経った頃です。

お2人の息子さんは高校に馴染めず、高校を辞めると言い出しましたね。

それはそれは心配したことだろうと思います。

自分の子どもができた今なら、痛いほどお2人の気持ちがわかります。

眠れぬ日々が続いたことでしょう。

そこに現れたのが僕です。

僕と友達になることにより、お2人の息子さんは、高校を辞めずに通う道を選びました。

自分で言うのもなんですが、お2人にとって僕は天使に見えたのではないでしょうか?

その証拠に、僕がお2人のお家に遊びに行かせていただいた時は至れり尽くせりが凄まじかったと記憶しております。

寿司。

天ぷら。

焼肉。
思いつく限りの贅《ぜい》を尽くしてくれましたね。
ありがとうございました。
今から考えれば、あれはお供えですね。
天使への心尽くしのお供え。
宇治原家総動員で尽くしてくれました。
犬もはしゃいでおりました。
確かハスキーでしたね。
前足で自分の餌を僕に渡そうとしたことも覚えています。
亀もはしゃいでおりました。
甲羅から中身が1回出てましたね。
甲羅から1回出て自ら戻る曲芸で、もてなしてくれました。
うさぎは凄かったです。
自らコンロに突っ込み、丸焼きになった自分を差し出そうとしておりました。

神話でしか見たことがなかったので驚きました。

お2人の息子さんが高校を卒業して京大に入学し、1年が経った頃、悲しいお報《しら》せが飛び込んできましたね。

息子さんが芸人になると。

しかも天使だと思っていたあやつが誘ったと。

そうです。

僕です。

そこから、お2人の僕への扱いが180度変わりましたね。

寿司。

天ぷら。

焼肉。

そんなお供えは過去の話。

聞いたことがない店の弁当。

もしくは500円玉1枚。

変わりました。

お供えから悪霊退散に変わりました。

宇治原家総動員で変わりました。

犬ははしゃがない。

庭から口で引っこ抜いた草を僕に投げてくる始末。

亀もはしゃがない。

甲羅からピクリとも出てこない。臭いだけの塊《かたまり》。

うさぎは凄かったです。

体当たりしてきて僕をコンロで焼こうとしました。

逆に丸焼きにしてやろうかと思いましたが、これからコンビを組む相手の家のペットを丸焼きにするほどの度胸はありませんでした。

あれから30年近く。

お2人と僕との関係性も回復しました。

その上でお伝えしたいことがあります。

怒らずに読んでくださいね。

まず高校時代から振り返りたいと思います。

お2人の息子さんは、高校時代は僕以外に友達ができませんでした。

それから京大に入り、芸人の道に進みます。

気がついているかもしれませんが。

……友達できていないですよ。

京大時代も、芸人時代も、友達できていないですよ。

知り合いや後輩や先輩はできましたが、友達は特にできている気配はないですよ。

高校が合わなかったから友達ができないのではなく、どの集団に所属しても友達できていないですよ。

集団の問題ではなく、本人の問題であることが証明された結果ではないでしょうか？

あ、ごめんなさい。

フォローになるかどうかわかりませんが、僕くらい仲が良い友達はできていないですよ。

僕とお2人の息子さんは、いまだに仲が良いですので。

お2人のお家にお邪魔して直接言うのは怖いので、手紙で言わせてもらいました。

それから。

〝芸人なるのが心配〟。

むちゃくちゃわかります。

芸人として芸事ができるかもわからないですし、自分の息子さんを面白いとはあまり感じないですもんね？

……お2人の息子さん。

ネタ作れないですよ？

お見事です。

お見事な見立てです。

お2人が想像した通り、息子さんは芸事を生み出す力は兼ね備えておりませんでした。

なぜもっと強く止めなかったのでしょうか？
なぜ袖を摑むくらいの止め方にしてくれたのでしょうか？
なぜ首根っこを摑むくらい強く止めてくれなかったのでしょうか？
大変だったんです。
初めは大変だったんです。
1人でずっとネタを作るのは大変だったんです。
あなたの息子さんのせいで大変だったんです。
今日は包み隠さず書かせてください。
お2人のどちらかはわかっていると思うので。

この歳になってわかること。
【基本的に親が言っていることは合っている】。
芸人になると決めた時は、ほとんどの人に反対されました。
「今に見ておけよ。結果で黙らせる」と思ってなかったといえば嘘になります。

今書くと嘘臭く感じるかもですが、お2人に対しては、そういう気持ちはなかったです。

それどころか、反対するわなぁという気持ちでいっぱいでした。

お2人が我々のお仕事に賛成するようになったのはいつの頃からでしょうか？

なんとなくご飯が食べられるようになってからでしょうか？

自慢に捉えられると嫌なんであまり他の人には言ってませんが、お2人には伝えます。

はやかったです。

ご飯が食べられるようになるまでははやかったです。

自分たちの中では想定がありました。

22歳までには生活できるようにすると。

つまり普通の大卒生が初任給をもらうくらいの金額は22歳までに稼ぐように、人生設計をしていました。

だからよく言われました。

「ご飯食べられるようになったの、はやかったよね？」と。

その時は「そうなんです。簡単にすぐ売れました」と軽めの冗談を飛ばしていましたが、実は違います。

「はやく売れなければ辞めていた」が正解なんです。

もし辞めていたら当たり前ですが「はやく売れた」とは言われないし、はやく売れたから「はやく売れた」と言われるだけだ、との認識でした。

もちろんお2人の息子さんとの縁を切ることは一度も考えたことはありませんでしたが、無理ならすぐに辞める覚悟でやっていたことは事実です。

「ご飯が食べられないけども長く続けている芸人」を否定しているわけではありません。

あくまで我々のスタイルです。

我々の矜持《きょうじ》です。

2人で喋っていたいから芸人になることを選んだ2人が、ご飯を食べられる芸人ではなかった場合。

客観的に見て思うのです。

ファミレスで喋ればと。

そんなに2人で喋りたいのならば、仕事終わりでファミレスで喋ればと。

何を2人よがりの夢を、周りに押し付けとんねんと。

お2人のどちらかが、芸人を目指すことを決めた息子さんにお手紙を書きましたね。

年金どうするの？

保険どうするの？

税金はどうするの？　と。

今だから言えることですが、全く考えていませんでした。

頭の片隅にもありませんでした。

言い訳をさせてもらうと、年金や保険や税金を払うことを考慮に入れながら芸人になる人は皆無だと思います。

ただこれはもしかしたら他の芸人さんと違うかもしれませんが、当然払う気でやっていました。

「払う気」というのは、「払えて当然」という意味です。

払えない見込みならば速攻で辞めていました。

もしかしたら芸人ではなく、会社を立ち上げていたように思います。

1人で立ち上げていたか？

ごめんなさい。

お2人の息子さんと、2人でやっていたことでしょう。

つまり「2人で何かを成功するまでは何か探して続けていた」と思います。

芸人を辞めたら「はいさよなら」ではなく、何かを見つけるまで延々と何かを探していたことでしょう。

だからラッキーだと思ってください。

1発目の「芸人」で当たって、ラッキーだと思ってください。

はやめにご飯を食べられるようになって少し安心して頂けたのか、少しは応援してくれるようになりましたね。

たぶんバレンタインの日に、お2人の実家に僕宛てのチョコレートが届いた日だったと思います。

「菅さんに渡しておいてください」との手紙を読んでからだと思います。

「私たちだけでも息子を応援しよう！」となったのでしょう。

明らかに応援してくれるようになりました。

今まで溜まっていたのでしょうか？

過度なダイエット後のリバウンドのように、過度な応援をしてくれるようになりました。

まずはメールアドレスが変わったと息子さんからお聞きしました。

見せてもらいました。

本当は応援したかった気持ちが爆発したのですね。

お母さん。

びっくりしました。

お母さんのびっくりメールアドレスでした。

rozan mama@

うん？
何これ？
見間違いかもしれません。
頭の中でカタカナに変換しました。
ロザンママ@
ロザンママ？
あれだけ反対していたのに、メールアドレスがロザンママになっていました。
凄いよ。
凄い変わりようだよ。
特筆すべきは、「ロザン宇治原ママ」ではないということだ。
ロザン宇治原ママならまだわかる。
自分の息子さんへの応援でもあることだと。
ロザンママ@
僕も含まれている。

僕のママにもなっている。

いつの間にそのような関係性になったのでしょうか？

でも確かにロザンママしてくれていましたね。

僕1人でやったお芝居も、ロザンママとロザンシスターは見に来てくれました。

こちらのロザンママとロザンシスターも来てくれましたが、純粋に嬉しかったことを覚えています。

あなたの息子さんに言われました。

「たぶん俺が1人で芝居をやっても、あなたのお母さんとお姉さんは観に来ないでしょ？」

その時、あなたの息子さんには濁した言い方をしてしまいましたが、ここで断言させてください。

絶対に観に行かないと思います。

僕が出ていたら観に来ます。

でもあなたの息子さんのお芝居は絶対に観に行かないと断言できます。

ごめんなさい。

嫌いとか好きとかの問題ではないと思います。

興味がないように感じます。

クイズ番組も観ておりません。

ごめんなさい。

こちらのロザンママはそうなんです。

ロザンシスターもそうなんです。

あなたの息子さんの話もそこまでしたことがないというのが、現状です。

ただそちらのロザンママは、反対しつつも軽く背中は押していたように感じます。

それに引き換えロザンパパ。

ロザンパパの変わりようには驚きを隠せません。

ロザンパパは、息子さんが芸人になることを断固として反対していたとお聞きしておりました。

凄まじい反対。

戦争反対くらいのレベルだとお聞きしておりました。
20、30代半ばまで断固反対は続きます。
名前を出すなとさえ言われました。

宇治原というのが中々珍しい名前なので、自分との関係性がわかるのを恐れていたのですね。

では、賛成するようになったのか？

あなたの息子さんからはこう聞きました。

【賛成も反対もしていない諦めの境地】。

しょうがない。

しょうがないことですが、少し残念な気持ちにはなっていました。

そんなある日、あなたの息子さんから聞くことになるのです。

「新入社員の前で喋る機会があったみたいだけど、ロザンの名前出したらウケたらしいわ」

……内緒ちゃうんかい。

賛成に傾いたのだなぁとは思いませんでした。

使う時は使うんかい。

自分が得する状況の時は使うんかい。

詳しく聞きました。

新入社員の前で喋る機会があったあなたはテンパったと。

自分と新入社員を結びつける会話がないからテンパったと。

だからとっさに宇治原の父だと言ったと。

なんじゃそらと。

あと、あなたが思っているよりも顔似てますよ。

そっくりの部類ですよ。

宇治原父丸出しですよ。

まぁ。社内ならバレてもオッケーの感覚になったのでしょうか？

しかもあなたは、関西じゅうに宇治原さんの父であることがわかってしまう事柄にも、足を突っ込むことになります。

あなたは関西のベストファーザー賞に選ばれました。

僕はてっきり断るものだと思っておりました。

だってベストファーザー賞ですから。

子どもが確定します。

子どもが宇治原さんであることが確定します。

宇治原さんありきの賞です。

宇治原さんありきではないと変な賞です。

あなたは受け取ります。

関西のベストファーザー賞を余裕で受け取ります。

あなたが関西のベストファーザー賞に選ばれたことを、僕は自分が出ている情報番組で観ました。

笑ってしまいました。

もちろん宇治原さんだけではとることがない賞ですが、笑ってしまいました。

芸人になった当初から応援してくれていた僕の父に、申し訳ない気持ちでいっぱいになりました。
クイズを恨みました。
クイズ番組を恨みました。

今だから言いますが、決してあなたに良い感情があるわけではなかったのです。
でもある日を境に変わりました。
まさかあなたに泣かされることになるとは。
そう。
宇治原さんの結婚式の出来事でした。
宇治原さんの結婚式。
相方の僕は、司会を任されました。
アナウンサーの方とのダブル司会。
ちゃんとした説明はアナウンサーの方がしてくれる超絶楽なタイプの司会。
思いついたチャチャを入れるだけの司会。

宇治原さんの気遣い。
素晴らしい気遣い。
司会を忘れて、宇治原さんの結婚式を楽しんでおりました。
宇治原さんらしい結婚式。
粛々と進む中にも笑いアリの素晴らしい結婚式でした。
僕は結婚式で何をするかを把握していないタイプの司会でした。
だから宇治原パパのスピーチがあるとは思いませんでした。
宇治原パパのスピーチ。
要約する。

・大事に育てた息子が京大に入って芸人になるとは思わなかった。
　※一同爆笑
・こんなに有名な方も含めてたくさんの方に息子の結婚式に来てもらえるとは。親としてこんなに嬉しいことはない。

※一同恐縮

・こんなに素晴らしい結婚式ができたのは、芸人に誘ってくれた菅君のおかげです。

……菅君。初めて言いますが息子を芸人に誘ってくれてありがとう。

※菅のみ号泣。

号泣しました。

号泣している自分にも驚きました。

号泣してわかったこと。

心のどこかに応援してほしい気持ちがあったのだと。

また、あなたが宇治原さんが芸人になるのを反対した理由がわかりました。

芸人たるもの、話が上手くないといけない。

自分の息子のことならわかる。そこまで上手くないではないかと。

自分の息子の話を聞いて、そこまで上手くないじゃないかと。

親というものは、子どものそのような部分は正確に判断できないのではと僕は思っていました。
でもお父さん。
あなたが正解です。
あなたの方が、お喋り上手です。
芸人なり立ての宇治原さんと比べてではありません。
芸歴25年の宇治原さんに比べても話が上手です。
緩急が見事です。
しっかりと笑いもとり、最後は感動に持っていく。
ハリウッド映画の脚本のようでした。
認めてくれたということ以外にも、あなたに感謝しなければいけないことがあります。
好感度爆上がりでした。
結婚式に来ていた方に、僕の好感度爆上がりでした。
新郎新婦よりも泣くという暴挙に出たことにより、好感度は鰻登りでした。

その証拠に、結婚式が終わり、宇治原さんよりも僕の方に人が集まっていました。

改めて言わせてください。

お父さん。

こちらこそ、宇治原さんが芸人になることを認めてくれてありがとう。

お母さん。

宇治原さんを産んでくれてありがとう。

あなたが宇治原さんを産んでくれたおかげでロザンが誕生しました。

やはりロザンママで正解です。

これからもお体に気をつけて。

こちらは、あなた方が宇治原さんが芸人になるのを反対していた年代。

40代になりました。

紆余曲折もなく、お2人が心配するようなことのない芸人人生を送れると思っていました。

ところがそうではない出来事がありました。

そう。
吉本の闇営業問題。

# 第8章　40代の教科書

25×12

40代の教科書。

20代はガムシャラに仕事をした。
できることとできないことがわからないままに仕事をした。
もちろん上手くいった仕事もあれば、対応できない仕事もあった。
30代になると、できないと思われた仕事は来なくなった。
当たり前だ。
できる人がいるのだから。
できる人に仕事は行くようになっている。
だから、できると思われる仕事をするようになった。
できると思われた仕事を、できると思われたままで終わらないと、仕事は続かない。

有り難いことに、30代でいただいたレギュラーの仕事は40代まで継続することが多かった。

ロケやスタジオのコメンテーターの仕事を十数年させてもらえることになった。

一度レギュラーをやらせてもらうと長く続くような番組が多いためかもしれないが。


芸人人生を振り返って思うこと。

【びっくりするほど紆余曲折がない芸人人生】。

こんなに紆余曲折がなくてもいいものなんだろうか？

一般的な会社員の方々でも、我々よりは紆余曲折があるのではないだろうか？

一つだけ言えること。

作品にはならない芸人人生。

平坦が過ぎる芸人人生。

よほどの大物作家や映画監督ではない限り、小説や映画にはできないと思った。

日常を切り取ったフランスの芸術作品映画のように、動きがない芸人人生だった。

個人的にはあまり好きではない部類の映画のような、芸人人生を送ってしまった。

遊園地でいえば、2人でジェットコースターに乗り、振り落とされないように必死に安全バーにしがみつくという芸人人生ではなかった。

メリーゴーラウンド。

まるで2人で仲良くメリーゴーラウンドに乗っているかのような芸人人生。

2人笑顔で白い馬に乗りながら周りに手を振る芸人人生。

そんな芸人人生を喜ぶのは親族だけだ。

メリーゴーラウンドの外から、首にぶら下げたカメラで写真を撮る親族だけだ。

その証拠に、とある番組にご迷惑をおかけした。

芸人の紆余曲折をグラフにして、それをもとに話すトーク番組。

みなさん紆余曲折があり、それに伴い心のグラフの曲線も上がり下がりする。

僕たちは紆余曲折ゼロ。

波なし。

だから心のグラフがない。

心の折れ線グラフがピクリともしなかった。
安定の100。
ずっと100。
言い方は悪いが、亡くなった方の心電図のようになんの反応もなかった。
企画内容が変わる事態になった。
我々だけ、今までの仕事を振り返るだけの企画に変わった。
ただむちゃくちゃ視聴率が良く、何回も放送された。

紆余曲折がない芸人人生の原因。
宇治原さんが悪い。
どう考えても宇治原さんが悪い。
コンビの戦略を考えるのは僕の仕事だった。
でも1人で決めるわけではない。
考えた方向性は、随時宇治原さんに相談してきた。

基本的にはコンビで仕事をすること。

ピンの仕事の場合も、相手に相談してから決めること。

そんなふうに相手のことを考えすぎた決め方をしてきた。

愛情たっぷりの決め方だ。

親が子どもの進路を決めるような仕事の選び方。

冒険することなく、着実に前へ進めるような決め方だ。

芸人になるなんてもってのほかで、職業に公務員をオススメするやり方で、芸人人生を満喫していた。

公務員芸人の誕生だ。

つまり、大きな失敗はない代わりに、大きな成功も摑めない可能性が高い、仕事の選び方だった。

宇治原さんに確認したことがある。

このような決め方でいいのかと。

宇治原さんの返答。

「全然いいよ。むしろそっちの方がいいよ」

20代の頃、仕事を選べない環境がしんどいという一面があったからか、40代になると、いかに楽に仕事ができるかを考えることに時間を費やした。

安心したのと同時に、なんて向上心がないやつなんだと思った。

余生。

若いうちから余生の考え方をする相方を持った。

スポーツでいえば守備重視の考え方。

得点をとられないなら負けない、という考え方。

宇治原さんの好きな戦国武将。

毛利《もうり》元就《もとなり》さん。

そもそも広島育ちであることも理由の一つだが、宇治原さんは毛利元就さんが大好きだった。

それ以外に、宇治原さんが毛利元就さんを大好きな理由。

毛利元就さんの生き様にあるようだ。

毛利元就さんはむちゃくちゃ賢い。

毛利元就さんはむちゃくちゃ強い。

それなのに天下統一を狙わなかった。

なぜか？

地元が潤沢だったから。

毛利元就さんが住んでいたところはお金もあるし、食べ物も豊富だったようだ。

だからわざわざ天下統一を狙わなかった。

天下統一を狙って地元を離れ、その機会に潤沢な資金や食べ物を奪われる可能性を恐れたのだ。

我々に置き換えれば、関西だ。

関西の土壌は、もの凄く潤沢かと言えばそうではないかもしれない。

ただ有り難いことに、僕たちはそれなりの生活を若いうちから続けている。

もし離れたら、この居場所を他の人に奪われてしまうかもしれない。

それが宇治原理論だ。

……バリバリ影響されているやん。

子どもの頃に読んだ伝記にバリバリ影響されているやん。

でもほんまか？

ほんまに毛利元就さんに憧れているのか？

後付けちゃいますか？

全国を狙えなかったから、後付けで「毛利元就さんに憧れている」って急に言い出した可能性も否定できない。

なぜなら、高校時代に宇治原さんの口から毛利元就さんの話を聞いたことがないからだ。

ただの一度もだ。

後付けの可能性もあるが、論理的な側面を見せられるとつい納得してしまう。

またまた宇治原さんが違う切り口の論理的説明をしてくれた。

【現状維持は、成長を続けないとできない】。

普通、現状維持と聞くと後ろ向きなイメージを持つ。

向上心はないので成長しないのではないか？

でもそんなことはないようだ。

そして現状維持を続ける秘訣。

マネージャーだ。

有り難いことにマネージャーに恵まれているようだ。

今まで振り返ってみても「なんじゃこのマネージャー」に当たったことはない。

もちろん人間なのでそれぞれ違った。

長《た》けている部分とそうではない部分は人によって違う。

こちらがそう思っているということはマネージャーサイドも思っているに違いない。

前についていた芸人よりも○○は長けているが、○○は長けていない、といった具合に思っていたことだろう。

ただ、○○は長けていないと言われたことはなかった。
○○は長けているので伸ばしていこうという話し合いはあったが。
20、30代から思っていたこと。

【マネージャーを使えないと言う芸人の方が使えない】。

だいたいマネージャーを悪く言う芸人は、自分の置かれている環境を実際よりも高く評価している場合が多い。

僕が見たところ、ある程度芸歴を重ねた人に多い。

自分が今置かれている環境を認めたくないから、態度で抗ってしまうのだ。

こう思うのは、僕たちが芸人の仕事を選んだ経緯も関係するのかもしれない。

特に宇治原さんは選べる職業の幅が広かった。

色々な職業の中から芸人を選んだ。

一番楽しそうだったので芸人を選んだ。

だから僕たちは、芸人とマネージャーなどの会社員が、並列にある感覚が強い。

どちらが上でもないし、どちらが下でもない。

どちらかが欠けても仕事は上手くできない。

ところが社員の本音は違うようだ。

とあるマネージャーに言われた。

僕たちのマネージャーになり数日後に言われた。

「僕はお笑いはできません。

でもお笑いの補助はできます。

スケジュールの管理や取引先との話し合いです。

芸人さんに対してはそちらができない部分を補うことで自負を保ってきました。

でもお2人は、実は補助の部分もやろうと思えばできますよね？　だから僕は今、自分の存在意義ってどこにあるのかの答えを模索している状態です」

そして……飛んだ。

連絡がつかなくなった。

模索した結果、飛んだのだ。

なんて答えを出したんだろうと思った。

数ヶ月後戻ってきた。

マネージメントとは違う部署に配置された。

僕は思った。

「なんて器が大きい会社なんだ」と。

そんな器が大きい会社に、激震が走る出来事が起こる。

闇営業問題。

会社を通さずに営業に行った先がいわゆる反社会的勢力だった問題。

会社だけの問題ではなく社会問題になった。

闇営業に行った芸人に対する処罰は会社の判断で、僕が考えることではない。会社が考えることだ。

ただ自分たちにも関係のあることが社会で話し合われた。

社会問題になったことにより、闇営業以外も槍玉にあげられた。

ギャラ事情。

ギャラ事情が朝から晩までワイドショーで話し合われることになった。

「1回舞台に立つと500円みたいです。ヒー」のような話し合いが横行した。

ギャラが正当に支払われていないのではないかと世間が言い出した。

恥ずかしい。
勝手に人のギャラを話し合われている。
知らない人にこちらのギャラを勝手に話し合われている。
こちらはそれでいいからってところを否定されている。
もらいたかったらこちらが言うことを、社会全体で話し合っている。
結構な有識者の方ですら安いと言っている。
同じ番組に出たかった。
同じ番組に出て聞いてみたかった。
「え？　じゃあいくらが妥当なんですか？」と。
いくらか言えるのかい？
いくらが妥当か言えるから、あなたはそのような発言をしているのですよね？
計算してから「安い」と言っているのですよね？
もちろん若手の頃は安いと思った。
「500円？　小5のこづかいですか？」と。

でも仕事していればわかる。
それはこの世界だからということではないはずだ。
普通に仕事をしていればわかる計算だ。
我々がもらえた金額は500円ではない。
本来もらえる金額は0円だ。
だって赤字なのだから。
本来であれば、こちらが払わないといけない金額だ。
若手の頃の舞台のチケットは1000円くらいの値段だ。
150人入ったら、15万円。
劇場の維持費。
照明。
音響。
また関わってくださる方の人件費。
全て含めると赤字になるに決まっている。

赤字にならないようにチケットの値段を上げたらお客さんが入らない。

中高生をターゲットにしているので、1000円から1500円が限界だった。

それをわかっていないのかわかっているのかわからないが、社会の風潮に乗っかる芸人が出てきてしまった。
○○のギャラが安い。
○○人集めたのに○○円しかもらえなかった。
などなど。

SNSを使い、普段思っていたことを世間の風潮に乗っかるように発信し、騒ぎ始めた。

宇治原さんと楽屋で顔を見合わせて同時くらいに言った。

「これはやばい傾向やな」と。

まず何がやばいか?

1点目。

これが一番やばいことだと思った。

「我々の会社は安いんですよ」系の笑いの取り方が一切できなくなること。
2点目。
「ギャラが安い若手がかわいそうだ。
売れている芸人はいいが、売れていない若手はギャラのことを言えない。
だから言えない芸人の代わりに言うぞ！」の風潮。
僕が普段から格言にしていることがある。
【良かれと思うことは大概迷惑】。
テレビ局やラジオ局からもらっている金額が、会社から所属芸人に公開された。
ふたを開けてみてわかったこと。
会社は真っ当に支払ってくれていた。
真っ当な割合か、それ以上を支払っていた。
局から若手芸人への支払いは、言ってみればタダみたいなもので、他の売れている
芸人からの補塡《ほてん》のような形式をとって支払われていた。
「今ならもう一つプレゼント！」のもう一つみたいなものだ。

そこに金銭は発生していない。

よくテレビ局やラジオ局から言われる慣習的な言葉があった。

「え？　会社にはもっと支払っているよ」

芸人サイドはどれくらい支払われているかを知らないので、その言葉を信用してしまっていた。

でもバレてしまった。

支払いを開示することによりバレてしまった。

そんなに支払っていなかったことがバレてしまった。

芸人皆、思った。

「そんなに払ってなかったんかーい」

悪い方だと思っていたのが良い方で、良い方だと思っていたのが悪い方。

ドラマやアニメの展開。

コナン出てくるやつ。

最終的にコナン出てこないと解決しないやつ。

うちにはコナンがいた。

見た目も頭脳もおじさんのコナンがいた。

宇治原さんだ。

宇治原さんは気がついていた。

おかしいと。

2人の見解はこうだった。

「別に今までももらえるギャラはわかっていたから、それでやるかやらないか判断したらいいやん。

会社がもらっている金額聞いても同じじゃない？

商品買う時にこの原価は？　とか考える？　売っている値段で妥当なら買うし妥当じゃないと思ったら買わないでしょ？」と。

つまりギャラを提示されなかった時期は、自分たちがギャラをもらう立場ではなかっただけだったのだ。

当たり前だ。

誰かもわからないやつをイキナリ使わない。
信頼がある人と一緒に仕事することで、初めて仕事は成立する。
結果。
仕事のある人とない人の格差が開いただけだった。
そしてもっと格差が開くことになる。
新型コロナがやってきた。
失敗できない状況になると、人はどうするのか？
失敗しそうにない状況を確保する。
だから失敗しそうにない芸人だけを集めて仕事をすることになる。
ずっとだ。

20代からずっと人との戦いをしていた。
振り落とされないように、選択されるように、ずっと考えてきた。
自分たちの実力を2人で、必死でカバーしてきた。

間違った選択もしたように思うが、その都度2人で話し合ってきた。

楽しかった。

上手くいった時はもちろんのこと、失敗した時すら楽しかった。

次はあれをしよう、これをしようと2人で話し合うのが楽しかった。

極論を言えば、話し合うために仕事をしていた。

「遠足の前日が遠足よりも楽しい」のと同じ感覚。

そんな2人なのだから、もっと「2人で話し合うために仕事をすること」に特化できるものがないかを模索していた。

仕事は「選ばれてからやること」が大半だ。

テレビなどのメディアもそう。

ふるいにかけられてから仕事をする。

たとえるならばコンビニの商品。

ある程度吟味されオススメされてから、信頼や安心を勝ちとってから、並べられる。

オススメされる仕事ももちろん楽しい。

でも時代は変わった。

お客さんが直接商品を選べる時代に変わった。

Amazonのように。

商品自体は無限にある。

抜粋されているわけではない。

お客さん自身の評価で、売れるか売れないかが決まる。

僕たちはそんな中で2人の話し合う時間が増えそうな予感がした。

そこで始めたのがYouTubeだ。

YouTubeは、誰かにオススメされたからやることでもなく、オススメされないからやれないことでもないからだ。

そうして【2人で話し合う時間を増やす】ために始めたYouTube。

戦略を練った。

編集やテロップをなしにして、スタッフを入れずに2人だけで時事についてや普段思っていることをただただ楽屋で喋ることを思いついた。

2人だけで話し合う時間が増えるし、失敗しても成功しても自分たちだけの問題であることが心地よいと感じていたからだ。

ただ、編集やテロップを入れていないということは、動画をアップするスピードが上がる一方で、再生回数が伸びない可能性があった。

そのマイナスを補うために、毎日アップすることにした。
20、30代の経験。
学生時代からの経験でもあった。

【人から見てしんどそうだが、本人は苦ではないので継続できることを、人は努力と呼ぶ】。

毎日アップしているのは、どうやら大変そうに見えるようだった。

ただ2人からしてみれば、楽屋で喋っているだけなので全く苦ではない。

宇治原さんが受験生の時に毎日11時間勉強していたのと同じだ。

本人は全く苦ではない。

周りは凄いと言う。

凄い気持ち悪いと言う。

凄い気持ち悪いは言い過ぎた。

凄い変だと言う。


2人でやるためにまずすべきこと。

凄い変なやつの許可をとることだ。

何かする場合は、宇治原さんの許可が必要だった。

当たり前だ。

コンビのことなのだから。

基本的に、宇治原さんからノーと言われることは少なかった。

でも『○○にした方が良くない？』や『○○はやめておいた方がいいかな？』と言われることがある。

長年の付き合いや長年仕事をする上でわかったことがあった。

【すぐにできたものや戦略は上手くいく】。

時間をかければかけるほど良い作品や良い戦略が思いつくというわけではなかった。

考えれば考えるほど良いものになるということはなく、逆に何かしらの欠点を秘めていた。

つまり宇治原さんから二つ返事で了承を得た物事は、自《おの》ずと上手くいった。

まさにYouTubeがそれだった。

興味があれば観てくれるし、興味がなければ観てくれないシステムが心地よかった。

noteもそうだ。

個人的に有料の文章を書くことにした。

コンビではなく個人的にやる場合も、コンビで相談するようにしてきた。

宇治原さんからは二つ返事の了解。

上手くいくことはわかっていた。

noteで書くことは決まっていた。

『京大芸人』では、芸人になるまでと芸人になった瞬間まで書いた。

あれから15年ほど経ち、新たな本が書けるような気がしていた。

40代半ばを過ぎた2人。

今までは、終わりが見えずに2人で歩んできた。

ただ40代半ばを過ぎると終わりが見えてくる。

2人でやれる期間が見えてくる。

終わるにしても良い終わり方をしたかった。

2人で納得できる終わり方をしたかった。

宇治原さんはよく言う。

「一生働いていたい」と。

ただ我々だけではないが、必要とされなければ仕事にはならない。

テレビなどのメディアであれ、YouTubeなど消費者から直接選ばれる形であれ、どちらにおいても必要とされなければ仕事はできない。

長く続けるためにすべきこと。

復習だ。

過去を振り返り、未来に繋げる。

日本史などの歴史を学んだ時に教科書の1ページ目に書いてある。
しっかりと復習をしないと、未来の仕事はない。
タイトルは自分の中では決まっていた。
京大中年。
宇治原さんに京大中年になってほしいわけではない。
本当になってほしい肩書きがあった。
そのために宇治原さんに手紙を書いた。

# 第9章

## 40歳の宇治原さんへ

25×12

40歳の宇治原さんへ。

40歳おめでとうございます。
あ、びっくりされるかもしれませんが、相方から誕生日プレゼントもらえますよ。
毎年毎年、お互いの誕生日にプレゼントしてますよね。
ボケなしです。
ボケなしのプレゼントをしていますよね。
お互い欲しいであろうプレゼントをお互い考えて渡してますね。
誕生日付近になると、お互いの会話に聞き耳を立てていますね。
「何か欲しいものがないか」と聞き耳を立てていますね。
そうなんです。

もう20年近くプレゼントを渡しあっているので、もう渡すプレゼントがないのです。40代になり、ある程度欲しいものは手に入れていて、しかも物欲もなくなり、欲しいものがないのです。

なんとか捻《ひね》り出す2人。

あなたがこれから僕にプレゼントしてくれたものを、先に教えますね。

読むことがない手紙なので気にせずに書いておきますね。

絵画です。

あなたが必死に考えて僕にプレゼントしてくれたもの。

絵画です。

美的センスがこれっぽっちもないあなたからいただいたプレゼントが、絵画。

「ありがとう」と言ったはいいものの、内心は「え？　なんで？」のオンパレードでした。

その時に僕は思ったのです。

「あ、もうお互いにプレゼントを渡すのはやめよう」

そう思っていたけど、口に出せない日々。
あなたが僕に言います。
「もう、お互いに子どももできたからプレゼントやめようか？」
そうなんです。
40代になり、お互いに子どもができました。
こんな不毛なことをしている場合ではないのです。
でもあなたが心配です。
あなたは稀に見るプレゼントあげ下手ですね。
子どもがあまり喜ばないプレゼントをしそうで心配です。
英和辞典とかあげそうで心配です。
次の年に英和辞典改訂版とかあげそうで心配です。
でも僕の持論。
【プレゼントをあげるのが下手な人には良い人が多い】。
これは僕の持論なんで、読み流してくれても結構です。

もの凄い偏見です。

僕は自分で焼いたクッキーを透明の小袋に入れて渡してくる人をあまり信頼していません。

断りにくいもの渡してくるなとさえ思っています。

なんなら押し付けがましいやつだとさえ思っています。

そうなんです。

あなたは押し付けがましいところが何一つありません。

だから相手がこうしたら喜ぶだろうとか、こうしたら好きになってくれるだろうといったことを一つも考えませんね。

僕はそれが性格が良い人なんだと思います。

あなたがくれた壁にかかっている絵画を見ながらそんなことを考えていました。

こちらは性格が良いと思っているあなたですが、世間的にはそうは思われていないのかもしれません。

あなたはよく炎上をします。

情報番組などでの発言がネットニュースになり、炎上します。
僕は情報番組に出る前にあなたによく質問をしました。
「○○についてやけど、△△って言いたいけどどう思う？」
あなたは真摯《しんし》に答えてくれます。
「○○はナイーブな話やから言い方は気をつけた方がいいかもね」と。
本番。
言い方に気をつけて、自分の気持ちに偽りなく△△を表現することができました。
宇治原さんの発言。
こちらから見ていると全方位に気をつけた発言。
惚れ惚れする言い回し。
さすが宇治原さん。
そして……炎上していました。
メラメラ燃えていました。
各スポーツ新聞が、自社で持っている宇治原さんの写真を使って記事を載せてくれます。
全て燃えていました。
ごめんなさい。
僕が助言をしなかったばかりに、あなただけがいつも燃えます。
あなたが燃えているのがかわいそうになり、こちらも援護をした時がありました。
案の定、僕も燃えました。
凄く凄く熱かったです。
だから心に誓いました。
あなたが燃えてもそっとしておこうと。
近寄らないでおこうと。
初めて炎上した時はびっくりしました。
そんなに変なこと言っていないのに燃えるのかと、びっくりしました。
ただ何回も燃えると、なんとも思わなくなりました。
僕以外の人もそうです。

ファンの方もそう。
燃えるあなたを心配していました。
大丈夫かな？　と心配していました。
みんな、あなたの火消しに奔走していました。
今ではみなさん笑ってしまっています。
僕もみなさんの隣で笑っています。
というのも、炎上の仕組みがわかったからです。
炎上とは、本人が良い悪いにかかわらず本人が燃えることだと思っていました。
そうではありませんでした。
燃えているやつが囲ってくる。
これが炎上でした。
つまり本人は燃えていません。
だから本人に水をかけてもムダです。
だってそもそも燃えていないのですから。

ビシャビシャになるだけ。

だからこちらが助けに行っても同じです。

燃やしている人と燃やされている人の2者を囲むだけだから。

だから火消しやめました。

冷たく思わないでください。

囲む時間がわかったんです。

3日です。

長くとも3日だけだとわかりました。

3日後に仲良くしてください。

また、あなたの伝家の宝刀「まぁまぁやね」もたまにお叱りを受けます。

あなたが他人の大学名を聞いて「まぁまぁやね」と暴言を吐く、伝家の宝刀です。

文字にしてしまうともっと炎上してもおかしくはないと思うのですが、奇跡的に助かってはいます。

ただあなたには調子乗りの部分があります。

楽しくなってしまい、自分を抑えられなくなる側面がありますね。

だから僕に対して厳しい言い方をしてしまうところがあります。

「おまえの大学はまぁまぁじゃなくて京大に比べたらもっと下だ！」と、建前ではなく本音を叫んでしまう始末です。

目を爛々《らんらん》と輝かせてお叫びになられます。

僕はいいです。

あなたが面白いと思って言っていることは重々わかっていますから。

ただ世間は違います。

それが放送された局に、とある苦情が来ました。

マネージャーがプリントアウトをして見せてくれました。

『私たちの娘は宇治原さんの通っていた大学に落ちて菅さんの大学に行くことになりました。

娘がショックを受けています。宇治原さんに謝罪を求めます』

どう考えてもあなたが悪いです。

なんなら僕にまで被害があります。

「調子に乗って悪いことしたなぁ」と宇治原さん。

しかし最後の一文を読むとあなたの表情が一変しました。

『せっかく大学に入れたのに、そんな言われ方をするなんて。私たち両親にも謝ってください』

あなたが嫌いな切り口です。

「娘さんに謝るのはわかるけど、なんで両親にもなん？　娘のことなんやと思ってるの？　逆に娘さんに失礼じゃない？」

気持ちはわかります。

気持ちはわかるが謝ってください。

苦情があった両親・娘・僕にも謝ってください。

あと母校にも謝ってください。

あなたがあなたの母校の名前を使うたびに、母校の品格が落ちます。

その証拠に、あなたの母校の学祭には一度も呼ばれていません。

あれだけ名前を使っているのにもかかわらずです。

さて、あなたの40代は子育てばかりと言っても過言ではないでしょう。
子どもが苦手なあなた。
間違えました。
あなたのことが苦手な日本中の子どもたち。
それでもあなたは、相方から見ても熱心に子育てしていますね。
みなさんの気持ちを代表して言わせてくださいね。
決して僕が思っているわけではありません。
みなさんが満場一致で思っていること。
「宇治原さんの子どもがアホやったら面白いのに」
そしたらみなさん腹抱えて笑うと思います。
もしかしたら新聞の号外に載るかもしれません。
太字で「宇治原。子ども。アホ」。

僕はそんなことでは笑いません。

相方の子どもにそんな失礼なことはしません。

僕が笑うのは、また違います。

「宇治原さんの子どもがそこそこ賢かったら爆笑」

関西であなたがするノリがありますね？

あなたが他の人の大学名を聞いて「まぁまぁやね」と言うノリです。

そう。たまに、言われた大学に通っている方や通っていた方からテレビ局に苦情の電話がかかる、あのノリです。

あなたの子どもさんには、あなたがまぁまぁやと言っていた大学に是非とも行ってほしい。

自分の子どもの合格発表を一緒に見に行って言ってほしい。

「まぁまぁやな」と。

その時は僕も呼んでほしい。

普段は「なんてこと言うねん」と軽くあなたの頭を叩きます。

でもその日は違います。
「確かに。まぁまぁやな」と言わせてください。

でも僕は知っています。
あなたが本当は学歴に拘《こだわ》らないことを。
ではなぜあなたはちゃんと子育てをしようとしているのか？
その答えはあまり人に言われたくないことかもしれません。
でもあなたをずっと見てきた僕にはわかります。
基本的に、子育ては子どものためにするもの。
でもあなたは違います。
あなたはあなたのために子育てをしていますね。
もう少し正確に書きますね。
あなたはあなたが気持ちがいいから、ちゃんと子育てをしていますね。
部屋が綺麗だと自分が嬉しい感覚で、子育てをしていますね。

子育てで新しい知識を得ることが楽しいから、子育てをしていますね。

人がどう言うかはわかりませんが、僕は素晴らしいと思います。

なぜか？

たぶんあなたは子どもに対して「してやった感覚」がこれっぽっちもないのではないでしょうか？

育児書をたくさん読んで、似たようなことが書かれていたらそれは間違っている可能性が低いと判断して子育てに応用するのも、あなたが気持ちいいからやっていることですね？

だから賢くなるでしょう。

あなたがしたいことをしているので賢くなるでしょう。

残念ながら。


話をプレゼントに戻しますね。

誕生日プレゼントの交換をやめてから何年か経った46歳の誕生日に、サプライズであなたは誕生日プレゼントを僕から渡されます。
あなたの反応を先に書いておきます。
むちゃくちゃ嬉しそうでした。
牛くらい涎を垂らしていました。
よっぽど欲しかったのですね。
良かったです。
思い返せば10、20、30、40代。あなたと長い時間を共にしました。
関係性は年代によって変わってきたように思えます。
10代は友達でした。
しかもあなたにとって、僕は唯一の友達でした。
20代は、友達の感覚もありながらの相方として接するようになりましたね。
30代は、友達というよりも相方として接するようになったと思います。
そして40代。
40代の後半になるにつれ、どちらかというとまた友達に戻っていったように感じます。

だから照れることもなく、欲しそうなプレゼントを渡せたのでしょう。

あなたの肩書きも変わりました。

10代は高性能勉強ロボ。

20代は現役京大生。

30代は京大芸人。

そして40代になりました。

あなたは京大中年になりました。

立派な京大中年です。

10代で培った高性能勉強ロボの面影を残しながらも、核となる賢さを持ってはいます。

ただ歳には勝てません。

物忘れが激しくなり「わかってはいるけど言葉には出てこない場合」が多々起こります。

ただ40代になり人間的にも成長し、いわゆる勉強以外の賢さや深みも増してはきているると客観的に見て思います。

でもあなたに問いたい。

そんな京大中年になりたいですか？

むちゃくちゃちゃいませんか？

そんな京大中年。

悪くはないよ。

悪くはないけどむちゃくちゃちゃいませんか？

いわゆる賢いまま大人になった京大中年が。

10代の僕も40代の僕も、そんな京大中年になることを求めていません。

もっと違う生き物になってほしい。

1人では無理かもしれない。

あなた1人では無理かもしれない。

でも僕が側にいればなれるような気がしている。

僕が頑張ればなれるような気がする。
10代のように友達の感覚を持てばなれるような気がする。
20代のようながむしゃらな気持ちがあればなれるような気がする。
30代に培った知識があればなれるような気がする。
あなたが京大中年ではない違う生き物に。
そう。
京大中年芸人になるために。

# 最終章　我々の教科書

我々の教科書。

ロザンの教科書が定まった。

教科書で一番大切なこと。

《はじめに》。

《はじめに》の部分を読まずに教科書を読み始めるから、なんのための教科書かわからなくなる。

そう。

教科書の《はじめに》は教科書を読むにあたって、また作るにあたって非常に大切であることを宇治原さんから習った。

はじめに。

何回も書いているが【2人が仲良くずっと喋ることができる環境を作り続けること】。

これに尽きる。

20、30、40代になってもそう思える関係であることが有り難い。

ではどのような教科書にするべきか?

学生の頃の教科書ならば、国語、数学、理科、社会、英語などの5教科にわけることが最適だと思う。

ただ、今作ろうとしているのは、2人だけが読む、2人だけの教科書だ。

分類はこうすることにした。

【1人でする仕事か、2人でする仕事か、3人以上でやる仕事か】。

仕事はだいたいこの3つに分類されることが、40代までの経験でわかった。

この3つに分類し、それぞれの教科書を作ることにする。

なお3つとも、教科書の《はじめに》には【2人で喋るのが楽しいから芸人になった。だから2人で喋る環境をより長くするため】と入れる。これは変わりがないとする。

つまり、1人でする仕事の《はじめに》は【1人の仕事を増やすには？】ではない。

1人でする仕事も3人以上でやる仕事も【2人で喋る環境を整えるため】を目的とするように心がける。


ではまず、1人の仕事をする上での教科書を作ることにする。

それぞれ1人でやるべきこと。

菅　ネタ作り。執筆。

ネタ作りは楽しい。

執筆も楽しい。

ネタ作りは今後もしっかりと継続すること。

全国に劇場があることが吉本に属している強みである。

これから歳を重ねるにつれて、劇場の大切さは身に染みてわかる。

また、執筆作業。

コンビに還元できるような私小説を継続して書いていくこと。

宇治原　クイズ番組　事務作業。

宇治原さんはクイズ番組に出る意図を、２人で仕事を継続するためにやっていると解釈する。

クイズ番組などで知名度を広める。

当たり前だが、クイズ番組に出ることによって「面白い」とはならない。

面白いと思っていただける作業はこちらがすること。

ただよくよく考えてほしい。

芸人がクイズ番組で、ボケずにずっと正解を出す。

しかも最近では正解も出せなくなっている。

にもかかわらず、ボケずにただ単に間違った答えを言い続ける宇治原さん。

「あ、違うか」や「ど忘れしました」などの言い訳をするだけの宇治原さん。

よくよく考えた。

むちゃくちゃ面白い。

親の反対を押し切って芸人になった。
さぞボケたいのかと思いきや、ボケない。
素晴らしいボケ。
人生をかけたボケをしている。
小手先のボケではない。
人生をかけている。
本当は、みなさんのリアクションが間違っていたのではないか。
クイズに答える宇治原さん。
みなさんの反応。
「凄い！　こんなことがわかるなんて！」
でも本当にすべきみなさんの反応はこちらだ。
「いやいや。親の反対を押し切って芸人になったのにボケへんのかい！」
こんなに素晴らしいボケをする相方を持って僕は嬉しい。
抱きしめたい気分だ。

しかも宇治原さんはネタを作るわけではない。

宇治原さんの仕事。

事務作業だ。

ある程度の事務作業は宇治原さんに任すことにする。

1人でやるお仕事のポイントとしては、1人ではやるが、コンビの代表として仕事をすることの自覚を持つこと。

また大切なこと。

【任せたことにはごちゃごちゃ言わない】。

コンビでも会社でも家庭でも同じだ。

相手に任せたらごちゃごちゃ言わない。

やり方やペースなど、任せた相手のやりやすいようにやってもらう。

仮に失敗しても相手を責めない。

任せたら信頼して、最後まで任す。

2人でやる仕事。

テレビのコンビでの出演。

劇場のネタ。

講演会。

YouTube ロザンの楽屋。

2人でやる仕事は簡単だ。

2人で楽しめば良いだけである。

コンビによって、1人、2人、3人以上の仕事に対しての苦手意識や得意な意識はそれぞれ違うと思う。

我々は、2人の仕事が楽だし楽しい。

1人でやる仕事を増やしたい時期もあった。

やりがいは、1人でやろうが、2人でやろうが3人以上でやろうが同じだ。

ただ40代になるにつれて『宇治原さんがいた方が楽だな』と思う機会が増えてきた。

仕事をしていて気がついたことだ。

3人以上でやる仕事。

【仕事に関わる人数が増えれば増えるほど、仕事は難しくなる】。

昔、思っていたこととは逆である。

【仕事に関わる人数が増えれば増えるほど、仕事は簡単だし楽になる】。

そう思っていた。

例えば大木。

1人よりも2人の方が持つのが楽にはなる。

2人よりも3人の方がより楽に持てる。

3人以上になってくると話が変わってくる。

持つことだけではない。それ以外の不満が発生するのだ。

【今俺がこれだけ重いということは、他のやつがちゃんと持っていないからではないか？】など。

仕事の不満は、大木をみんなで持つことで基本的にはたとえられるような気がする。

・他の人がちゃんと持っていない気がする。
・前よりも大木を重く感じる。軽く感じる。
・ちゃんと持っているのに評価されない。
・今持っている場所よりも違う場所で持った方が、自分の力が発揮できるような気がする。
・「こう持ったら？」と教えたのに後輩ができない。
・「こう持つねん」と昔の持ち方を先輩が指導してくる。
・なぜ持つ必要があるのかと疑問に思う。
・一度大木を置いて違う大木を持ってみたいが、対応できるか不安だ。

また我々の仕事は大木を持つ場合もあるが、大木の上に乗る場合もある。我々を大木の上に乗せて持ち上げてくれる。言葉通りに、乗せて持ち上げてくれる。

もちろん気持ちがいい。

乗せて持ち上げてくれるのだから。

ただ、乗せて持ち上げてもらえる人物は我々だけではない。

たくさんいる。

代わりはたくさんいる。

代わりはたくさんいるから、だからこうしよう、といった話ではない。

代わりはたくさんいることをわかっておく必要がある。

だから大木の上に乗る状況を過信することもなく、卑下する必要もない。

また大木の上に乗るようになれば、扱いが変わる。

よく売れている人間には悪い人はいないと聞いた。

実際にお会いした売れている方々はそうだった。

しかし、良い人だから売れているわけではない。

もちろん才能があるから売れるけれど、売れれば売れるほど良い人になっていく傾向がある。

それはなぜか？

そもそもの人間性の問題ではない。

売れれば売れるほどに周りの扱いが良くなるからではないだろうか？

無下に扱う人がいなくなる。

だから怒ることがなくなる。

この環境をずっと続けていきたいと思う。

だから努力する。

周りにも感謝する。

だから良い人になる。

このような構図だと思う。

たまに「〇〇に会ったけど態度悪かった」みたいな話を聞くことがある。

あれは本人の態度が悪かったというよりも、周りの対応が悪かった可能性の方が高いように感じる。

周りの対応が悪いから、その人自身の行動も悪い対応になる。

周りの対応が良いからその人も良い対応になる。

それだけのことではないだろうか？

ある程度ご飯が食べられるようになるまでに「相手によって対応を変える人」をたくさん見てきた。

こちらは商品なのでしょうがない側面もある。

ただそういう人で出世をした人はあまり見ないし、辞めていく人が多いことから、良くないんだろうなと考える。

つまり「相手によって対応を変えないこと」がより大切になってくる。

その点、宇治原さんが相手によって対応を変えるのを見たことがない。

若手の頃からそうだった。

相手が偉い人であれ、まだ新人であれ、態度を変えることはなかった。

少し違いがあるとすれば、新人には「大学どこ？」と聞くことだけだ。

決してマウントをとりたいわけではない。

コミュニケーションの一環として大学名を聞いた結果、マウントになってしまうだけだ。

偉い人には明るく振る舞い、新人にはキツく当たるということはない。

普通のテンションでどの人にも接していた。

決してテンションが高いわけではない。

分け隔てなく明るく接するわけではない。

かと言って分け隔てなく暗く接するわけではない。

普通のテンションだ。

水でいえば、沸騰したお湯ではなく、キンキンに冷えた冷水でもなかった。

常温。

常温のテンションの宇治原さん。

でも後輩に対してはまだ少しだけテンションが上がり、白湯《さゆ》程度の温度になる宇治原さんが見られた。

歌って踊るグループやクイズ番組などのブームを経験する前から、そうだったように思う。

誰に対しても、テンションが上がることもなければ、下がることもないし、媚びることもなければ、横柄になることもなかった。

なぜか？

相手の態度に合わせて態度を変えることがないからだ。

相手がへりくだった態度だとしても、横柄な態度だとしても、宇治原さんが相手に接する態度は一定だった。

「相手によって態度変えるのカッコ悪いやろ？」

ええカッコしいの宇治原さんの矜持だ。

そこまでええカッコしいでも人間ができているわけでもない僕は、相手によって態度を変えてしまう時があった。

タクシーに乗ってもタクシーの運転手の方が敬語ならば、こちらも敬語で。

タクシーの運転手の方がタメ口ならば、こちらもタメ口になってしまう時があった。

宇治原さんの行動の方が正しいので、【相手によって態度を変えない】を心がけることにする。

ただ、宇治原さんは人間性が良いから相手によって態度を変えないというわけではない。

どのような相手に対しても『俺の方が賢いから』と思っているふしがある。

それが周りに悟られないように、行動を一定にしている可能性が高い。

内面がどうあれ、結果は見習うべきだ。

そう。宇治原さんの意見や行動を聞くこと、観察すること。

長年の経験から学んだことだ。

若手芸人時代から様々なアドバイスを受けてきた。

Aの先輩は「〇〇するべき」とアドバイスをくれた。

Bの先輩は「△△するべき」とアドバイスをくれた。

同じ質問をしても答えは違った。

学生の頃のテストでたとえれば、問題は同じなのに答えが違っていた。

しかもやっかいなのは、どちらも正解であるということだ。

アドバイスをした側は、自分の実体験に基づいてアドバイスをくれた。

学生の頃のテストではよくあった。
結果は同じだが、問題を解く過程が違うことが。
ただ社会人になると、答えは一つではない。
様々な答えがある。
芸人でいえば様々な売れ方があるように。
A、Bそれぞれ成功されている場合、もらったアドバイス通りにできなければ、アドバイスを受けた方が悪い。
様々な人に聞いて、自分に合うアドバイスを探す方がいい。
A、Bの2択でどちらかのアドバイスを選んだり、どちらのアドバイスにも対応しようとすると、こんがらがり、失敗する可能性が高い。
だから後輩にアドバイスを求められると、僕は決まってこう言うようにした。
「俺の経験ではこうやった方がいいと思うけど、色々な先輩に聞いた方がいいよ」
もちろん、こちらも後輩に寄り添い、後輩ができそうなこと、できなそうなこと、
また、やった方がいいこと、やらない方がいいことを考えてアドバイスするようにし

ている。

ただ実際に自分たちとは違うので、アドバイスがバシッと合うか合わないかがわからなかった。

そんな経験を20、30代と繰り返してきてたどり着いた答え。

【アドバイスをもらう相手は、信頼できる少人数に絞った方がいい】。

まだ若手芸人の頃は経験が浅いので、様々な意見が必要かもしれない。

でも40代になれば、ある程度の経験値がある。

その状態でたくさんのアドバイスを受けることは逆効果だと思った。

〝アドバイスを受けたことが中途半端にできてしまう〟からだ。

若手芸人の頃はできるかできないかがハッキリしていた。

いつの頃からか、「できることの中で」より「できるかあまりできないか」になっていった。

そうなるとある程度できてしまい、中途半端になってしまうことが多々あった。

だからアドバイスをもらう相手、また相談する相手を限定することにした。

宇治原さんだ。
というのも、アドバイスを受けるよりも、重要なことがあるからだ。
決断することだ。
これまで様々な分岐点が存在した。
道を間違えた可能性もあるし、見事な正解を選んだこともあっただろう。
40代になり気がついたこと。
【結果がどうであれ、宇治原さんと相談する過程が楽しい】。
20、30代からそうだったが、お互いの経験則や性格から導き出した答えを歩むのは楽しかった。
話し合ってきた結論の道を歩むのに、後悔は存在しなかった。
40代になりわかったこと。
【仕事が楽しいというよりも、2人で話し合い選択した仕事をするから楽しい】。
青臭い表現だが、過程が楽しいから、結果が失敗でも成功でも受け入れられた。
なんなら失敗した時の方が楽しくなってきた。

「なぜ失敗したのか？　どこを改善した方がいいのか？」などを話し合うのが楽しいのだ。

40代になってから、押し入れの整理をしたことがあった。

20、30代の頃に作ったネタやコンビの方向性を考えた形跡のあるノートが出てきた。

ネタはどれもこれも、今はやっていないネタばかりだった。

コンビの方向性の考え方も今とは違った。

その時その時は正解だと思って取り組んできた。

でも、今使えない時点で失敗だ。

大量の失敗の上に立っているのが自分たちだ。

つまり失敗とは、成功の仮面を被っている場合が多い。

そもそも失敗だと思っていた場合には、それに向けて行動はしないからだ。

成功だと思うから行動する。

結果。

うんともすんとも言わないネタの残骸たち。

肝に銘じておくこと。

【成功していると感じている時ほど、分析すること】。

ただ、この仕事の良いところがある。

失敗しても成功に持っていける。

つまりプライベートでも、失敗したエピソードを喋ることで、エピソードが作れたと、失敗の意味を変換できるようにできることだ。

ただそれが芸人の首を絞めているケースも見受けられた。

後輩が先輩に喋る場合、どうしても失敗をしたエピソードになりがちだ。

失敗したエピソードの方が喜んでもらえるからだ。

ギャラが高かったよりも安かった方が喜んでもらえるからだ。

コンビ仲が良いよりも悪い方が喜んでもらえるからだ。

マネージャーを褒めるよりも悪口を言う方が喜んでもらえるからだ。

喜んでもらえるから、その状況を打破することを怠ってしまう懸念があった。

だから自分が良くしている後輩と集まる時は、マイナスなことを言わないようにしてもらった。

マイナスなことはおいて、プラスに重点をおく。

そうすると、集まりの時にプラスの話しかできないので、プラスの行動をとるようになった。

・〇〇の仕事が決まった。
・〇〇円もらえるようになった。
・マネージャーにこうしてもらえるようになった。

こちらも集まりがあるならばと、負けずにプラスの発言ができるような行動を心がけるようにした。

そうなると、自分も含めて後輩たちもおかれている状況が好転するようになった。

我々は商品なので、どこにどのような値段でどれくらいのケアをされるかが死活問題になってくる。

ただ商品側が場所や値段や扱いを嘆いてもなんの解決にもならないのは、20、30、40代の経験で身に染みた。

【商品であることを自覚すること。不満を述べてもなんの解決にもならない】。

ただいくら商品といえども、もちろん人間だ。

だから不満や愚痴を言いたくなる時があるのは当然のことだ。

その場合の不満や愚痴の捌《は》け口は、宇治原さんだけにすることにした。

不満や愚痴を言ってストレスを発散することの問題点。

共感してくれないと逆にストレスが溜まる。

共感に必要なことは、状況が似ているというのが必須だ。

僕と状況が似ているのは、必然的に宇治原さんになってくる。

また不満や愚痴というものは、言った相手に違う形で伝わってしまう危険性も孕《はら》んでいる。

だから愚痴や不満を言うのは宇治原さんだけにすること。

最近になってわかったことがあった。
高校時代。
宇治原さんと2人でいた。
ずっと2人でいた。
「ずっと2人で喋る仕事につきたい」
その思いだけで芸人になった。
あれから四半世紀が過ぎた。
宇治原さんは高校に馴染めなかった。
高校の卒業文集で同級生の直した方がいいところを書くくらい馴染めなかった。
タイトルは『愚痴』。
高校の卒業文集ワースト1のタイトルではないだろうか?
案の定、宇治原さんは同窓会には呼ばれなくなった。
宇治原さんだけではない。

僕もそうだ。

「この高校は僕の居場所ではない。もっと合う場所があるはずだ」

そう思っていた。

つまり我々2人が普通で、他の同級生が変わっていると思っていた。

そして2人で芸人になった。

芸人に馴染めるだろうなという感覚はなかった。

今まで育った背景も違うし、芸人を目指した動機も違った。

「ここも馴染める場所ではなかったのか」と。そんな気持ちを隠すように過ごしていた。

どちらかと言われたら馴染むように過ごしてきた。

尊敬できる先輩も、仲が良い後輩もできた。

いつしか馴染める場所になった。

しんどかった思い出も、楽しかった思い出もある。

そして40代になり、自然と2人だけでできることを増やしていった。

2人だけで完結できる仕事を増やしていった。
楽しかった。
ストレスフリーな生活。
良いも悪いも2人だけで共有できる。
まるで四半世紀前にオーディションを受けていた時のような感覚。
2人で何かをすることが、やはり楽しいようだ。
その時に悟った。
「2人が普通ではない」のだと。
環境が特殊で2人は普通だ、と思っていた。
つまり馴染めなかったのは環境のせいだと思っていた。
高校が特殊だったから。
芸人の仕事が特殊だったから。
そうではなかった。
自分たちの問題だ。

たぶん世間でいうところの〝普通の仕事〟についていたところで、馴染めなかった可能性が高い。

「こちらの問題かい！」

1人、部屋で呟いた。

1人で笑ってしまった。

まるで悲観はしていなかった。

むしろ喉の小骨が取れたような感覚。

望むところだ。

楽観的な考え方が顔を出す。

気の合う仲間が現れない、どの集団にも合わない人もいるはずだ。

そう考えると、高校の時に『2人でずっと喋りたい』と思える人に出会えて良かった。

2人でどこまでできるかはわからない。

失敗もあれば、成功もあるだろう。

行くところまで行こう。

次の目標が定まった。

そのために自分たちができることを増やしていこう。

宇治原さんを京大老人にするために。

いや京大老人芸人にするために。

## 終わりに　教科書があれば

教科書がある宇治原さんに戻すことができた。
20、30、40代の教科書ができた。
宇治原さんにも渡した。
ただ《はじめに》の部分は隠した。
さすがに小っ恥ずかしいからだ。
「2人で喋るために作った教科書です」とは言いにくい。
本来はやってはいけないことをした。

《はじめに》を読まないこと。

ところが、そんな懸念を宇治原さんが払拭した。

2人のためだけに作った教科書を宇治原さんが読んだ。

《はじめに》が書かれていない未完成の教科書。

読み終えた宇治原さんが納得した表情で話し始めた。

「ようはずっと2人で喋るってことでしょ？」

そうか。

そうだった。

忘れていた。

宇治原さんは教科書を読めば《はじめに》を読まなくても《はじめに》に書いてあることが理解できる特技を持っていたことを。

本書は書き下ろしです。

ブックデザイン　柴田尚吾（PLUSTUS++）
DTP　美創
編集協力　成澤景子（SUPER MIX）
黒田剛（QUESTO）

菅 広文（すが・ひろふみ）
1976年10月29日、大阪府高石市生まれ。大阪府立大学（現大阪公立大学）経済学部進学。96年8月、高校時代の友人である宇治原史規（京都大学法学部卒業）と「ロザン」（吉本興業所属）を結成。『京大芸人』『京大少年』『京大芸人式日本史』『京大芸人式 身の丈にあった勉強法』など「京大芸人」シリーズは累計35万部の大ヒットとなっているほか、『菅ちゃん英語で道案内しよッ！』やロザンの2人で書いた初の著書『京大芸人ノート』も話題に。デビュー当時から舞台やテレビで活躍し、さらにYouTube、講演など、活躍の場を広げている。

京大中年

2023年6月8日　第1刷発行

著　者　菅 広文
発行人　見城 徹
編集人　菊地朱雅子
編集者　袖山満一子

GENTOSHA

発行所　株式会社 幻冬舎
〒151-0051 東京都渋谷区千駄ヶ谷4-9-7
電話：03（5411）6211（編集）
03（5411）6222（営業）
公式HP：https://www.gentosha.co.jp/

印刷・製本所　株式会社 光邦

検印廃止


ISBN978-4-344-04118-9 C0093